rowohlt
rotfuchs

Lena Gorelik

MEHR SCHWARZ ALS LILA

Roman

Für Marlene
zum 16. Geburtstag
von Trude

Rowohlt Taschenbuch Verlag

2. Auflage April 2021
Veröffentlicht im Rowohlt Taschenbuch Verlag,
Reinbek bei Hamburg, November 2018

Umschlaggestaltung any.way, Cathrin Günther,
nach einem Entwurf von Anzinger und Rasp, München
Umschlagabbildung Raimund Linke/Getty Images
Satz aus der Palatino bei
Pinkuin Satz und Datentechnik, Berlin
Druck und Bindung GGP Media GmbH, Pößneck, Germany
ISBN 978-3-499-21834-7

Die Rowohlt Verlage haben sich zu einer nachhaltigen Buchproduktion verpflichtet. Gemeinsam mit unseren Partnern und Lieferanten setzen wir uns für eine klimaneutrale Buchproduktion ein, die den Erwerb von Klimazertifikaten zur Kompensation des CO_2-Ausstoßes einschließt.
www.klimaneutralerverlag.de

FSC www.fsc.org
MIX
Papier aus verantwortungsvollen Quellen
FSC® C014496

Für meine Jungs

EINS

Paul ist mein allerbester Freund.
Paul ist verschwunden, es sind jetzt sechs Tage. Alle machen sich Sorgen. Ich mache mir keine, weil ich weiß, es geht ihm gut. Ich liege meistens auf meinem Bett. Außer ich sitze am Computer. Also die meiste Zeit. Ich weiß nicht, warum ich das so genau weiß. Dass es Paul gut geht.

Sechs Tage sind es jetzt, und ich merke, ich beginne, dich dafür zu hassen. Das hilft, damit ich mich selbst nicht hassen muss. In diesen sechs Tagen habe ich mit niemandem geredet. Ich habe das Haus nicht verlassen. Ich liege auf meinem Bett. Ich sehe fern, aber wenig. Ich treibe mich im Internet herum. Ich lese, über mich und über Paul. Über dich lese ich nichts. Ich füttere meinen Vogel. Ich habe mit niemandem geredet. Nicht mit Ratte, nicht mit dir. Ich mache Abendessen, aber mein Papa kauft ein. Ich gehe nicht vor die Tür.

«Kannst du heute nicht einkaufen, wenn du eh nicht zur Schule gehst?», fragt Papa. Er fragt mich, damit ich rauskomme, ich weiß. Ich schüttle den Kopf. Dann fragt er wieder nichts.

Ich habe mit niemandem geredet. Ich habe nicht mit dir geredet. Ich habe nicht mit Ratte geredet. Ratte spricht nicht mehr mit mir. Das hat mit Pauls Verschwinden zu tun, und Pauls Verschwinden hat mit mir zu tun.

Schwarze Milch.
Gerade Kurve.
Offenes Geheimnis.
Friedenspanzer.
Wahlpflicht.
Alter Knabe, geliebter Feind, Mietkauf.

Das steht in meinem blauen Notizbuch, und darunter notiere ich:

Unsere Liebe.

Mein Notizbuch ist blau, in Leinen gebunden, und auf dem Deckel steht: Shit that matters. Das Notizbuch hat mir Paul geschenkt. Der Tag, an dem er es mir geschenkt hat, war lange bevor alles anders wurde oder ich meine Freunde verspielte oder wir alles verspielten. Die Dinge waren in Ordnung.

Das Notizbuch hat mir Paul geschenkt. Das Schenken ging so:

Mein Telefon klingelte.

«Guck mal aus dem Fenster», sagte Paul. «Aus dem Küchenfenster.»

«Warum denn?», fragte ich.

«Kannst du einfach mal machen, was man dir sagt?»

«Sehr ungern. Das hasse ich doch. Dass man mir sagt, was ich zu tun habe.»

Ich lief in die Küche und öffnete das Fenster. Draußen saß Paul auf seinem Fahrrad und hielt sich mit der Hand am Zaun fest. Grinste. So ein zufriedenes Grinsen. Ich legte das Telefon weg.

«Was machst du da? Komm doch rein», sagte ich.

Paul steckte sein Handy in seine Umhängetasche, ohne vom Rad abzusteigen, und zog etwas anderes daraus hervor.

«Ich wollte mal sehen, wie gut du fangen kannst.»

«Wie gut ich fangen kann?»

«Wie gut du fangen kannst. Ready?»

Er warf. Was waren es, drei Meter Flugbahn? Das Etwas flog haarscharf an mir vorbei und landete auf dem Boden.

«Dachte, das könnte dir gefallen», sagte Paul und ließ den Zaun wieder los.

Ich hob es auf. In eine Papiertüte war dieses in blaues Leinen gebundene Notizbuch eingewickelt. Shit that matters. Ich guckte zum Fenster hinaus, aber Paul war schon weg.

Ich zog mir einen Kapuzenpulli über und holte mein Rad. Von mir zu Paul sind es ziemlich genau neun Minuten. Zurück braucht man elf, da geht es den Berg hinauf. Er wohnt in einem Mehrfamilienhaus, also kann ich da nicht galant am Zaun vor dem Fenster balancieren, aber ich rief ihn trotzdem an.

«Komm mal runter.»

«Warum?»

«Kannst du einfach mal machen, was man dir sagt?»

«Such dir deine eigenen Sätze!»

Ich umarmte Paul. Ich weiß nicht, wie lang die Umarmung dauerte. Er roch nach Aftershave, aber das glaube ich nur. Die Umarmung hatte keine Bedeutung. Nichts hatte eine Bedeutung, noch.

In dem blauen Notizbuch sammle ich Oxymora, das heißt, ich sammle Widersprüche, und ich glaube, später will ich selbst ein Widerspruch sein. Jemand, der in keine Schublade passt. Bislang bin ich an dem Vorhaben gescheitert.

«Und, gehst du irgendwann mal wieder zur Schule?», fragt Papa am vierten Tag.

«Ist Paul wieder da?», frage ich zurück.

«Nein. Aber deine Ratte ist da. Und du kannst auch in der Schule auf Paul warten.»

«Ratte spricht nicht mit mir.»

«Kann ich irgendwie verstehen», sagt mein Papa.

«Möchtest du noch einen Kaffee? Ich mach mir noch einen», sage ich.

Je mehr, desto stärker ist eine Ellipse. Das heißt, man lässt etwas weg. Manchmal lässt man das Wichtige weg, um es zu betonen. Paul ist meine Ellipse.

Einmal führten Ratte und ich einen Dialog in Ellipsen. Das heißt, wir sprachen in Leerstellen, oder wir sprachen in die Leerstellen hinein. Das ist schon eine Weile her, und eigentlich war es da bereits zu spät.

«Sag bitte nicht, dass –»

«Ich sag doch gar nicht, dass –»

«Du darfst nicht, nicht in den. In den darfst du dich –»

«Ist ja nicht so, dass ich es vorgehabt hätte oder so was.»

«Du darfst einfach nicht. Du. Darfst. Nicht. Und das muss ich so sagen. Mit Punkten hinter jedem Wort.»

«Weiß ich. Ich weiß doch.»

«Du darfst nicht. Das kann doch nur böse enden. Wie stellst du dir das vor? Dass ihr? Oder dass er?»

«Ich weiß. Ich weiß. Und ich stelle mir vor, dass –»

«Ja?»

Pause.

Stille.

Stille ist schlimm.

«Ist eh zu spät, oder?»

«Ja.»

«Scheiße.»

«Ich weiß.»

Ratte ist mein anderer allerbester Freund. Ratte heißt eigentlich Nina. Ratte hasst ihren Namen. Ratte findet es unfair, dass sich die Menschen ihre Namen nicht selbst aussuchen können. Sie hat so ein Konzept entwickelt, dass man seinen Namen immer wieder ändern darf. Das erste Mal, wenn man anfängt zu sprechen, also mit drei oder so. Dann, wenn man in die Pubertät kommt, und dann noch einmal, wenn man mit der Schule fertig ist. Ratte hat sich Ratte nicht selbst ausgedacht, ihr kleiner Bruder hat sie so genannt. Als Ratte letztes Jahr neu zu uns in die Klasse kam, sagte sie, als sie sich vorstellen sollte, genau so:

«Nennt mich einfach Ratte.»

Wir blickten auf. Sie aber schaute zur Lehrerin, Frau Daimler.

«Sie auch», sagte sie zu ihr.

«Wie bitte?», fragte Frau Daimler.

«Ratte. Ich werde am liebsten Ratte genannt», sagte Ratte.

Frau Daimler hat nie Ratte zu ihr gesagt. Sie sagt Nina. Ratte hasst alle, die Nina zu ihr sagen, also hasst sie Frau Daimler und die anderen Lehrer, ihre Eltern und jeden, der sie nicht näher kennt.

Sie hasst sie, dabei ist Ratte wahrscheinlich der liebevollste Mensch, den ich kenne.

Ratte geht so: Wenn Ratte Mofa fährt, wehen ihre Rastas im Wind. Nie trägt Ratte einen Helm, und sie sieht schön aus, ohne. Ihre Rastas sind braun. Die verfilzten Haare sind eine Haltung, aber das darf man ihr nicht sagen. Sie tut so, als ob das nicht der Fall wäre, als sei die Frisur ein Zufall, und wie alles andere tut sie auch das mit Überzeugung. Nie trägt Ratte etwas anders als Chucks an ihren Füßen. Sie besitzt Chucks in allen möglichen Farben und Mustern, die niedrigen und die hohen. Sie hat bestimmt an die zwanzig Paar. Wenn sie sich neue

Chucks kauft, fährt sie einmal mit ihrem Mofa über die weiße Gummikappe vorne, damit sie abgetragen aussehen. Nie hört Ratte auf, Paul und mich zu lieben. Auch wenn sie uns manchmal hasst.

Gerade hasst Ratte mich.

Wenn Ratte uns liebt, mich und Paul, denn einzeln liebt sie uns selten, dann wissen wir um die Liebe. Sie backt für uns. Muffins für mich und Brot für ihn: Paul isst nichts Süßes. Mit Sonnenblumenkernen schreibt sie Worte auf sein Brot:

Seneca
Lust
Spiel
Komm schon
Freiheit
Freunde
Wir

«Ich müsste mal so ein Riesenbrot backen, dass man da einen ganzen Satz draufschreiben könnte», sagt Ratte zu mir.

«Was würdest du denn draufschreiben?», frage ich.

«Na zum Beispiel: Du bist ein Verlierer», sagt Ratte.

Ratte legt Blumen vor meine Tür, wilde, so vom Feld, ich weiß nicht, wie die heißen, aber sie sind schön. Ratte sucht Walderdbeeren im Wald, für Paul. An die erinnert er sich, sein Großvater hat sie früher für ihn gepflückt. Außer seinem Großvater mag Paul niemanden in seiner

Familie, und sein Großvater ist seit zwei Jahren dement. Sie wirft Steinchen an mein Fenster, nachts, um mir ein Sternbild zu zeigen, und das mit den Steinchen macht sie nur, weil sie weiß, dass ich diese Art von Romantik mag. Sie schreibt Briefe an Paul, manche davon in Gedichtform, und die Briefe schickt sie ihm per Post, obwohl sie ihn jeden Tag sieht. An den meisten Tagen weiß ich nicht, warum Ratte mit uns befreundet ist. Ich weiß auch nicht, ob es ein Uns ohne sie gäbe.

Freiheit, Freunde, wir. Das war der Name, den Paul unserer WhatsApp-Gruppe gab.

«Pathetisch», hatte Ratte geantwortet.

«Kitsch», hab ich hinterhergeschickt.

Paul hat nicht reagiert. Paul ist so, wenn man ihm zu nahe kommt: Er schweigt. Er ist still. Er sagt von sich dann, er ist sprachlos. Ich weiß nicht: Ist Sprachlosigkeit im Vergleich zur Stille ganz klein, und ist es, wenn Paul nichts sagt, wirklich immer eine Entscheidung?

Ich würde, das sagt man doch so, die Welt geben, für Paul: schreiend. Jetzt.

Wenn man jemanden küsst, dann kommt man ihm schon sehr nahe. Paul hat mich geküsst. Ich habe ihn dazu gezwungen. Ich weiß nicht, wer da wem zu nahe gekommen ist.

Irgendjemand hat den Kuss fotografiert.

Paul geht so: Wenn Paul nachdenkt oder liest, zwirbelt er an seinen Locken herum. Seine Locken sind störrisch, und sie sind hart, als wären da Unmengen von Haargel, obwohl er keines benutzt. Wie so Metall-Korkenzieher in Blond. Sie haben sich aufgestellt, als würden sie über der eigentlichen Stirn eine zweite bilden wollen. Eine Art Schutzmauer, hinter der sich die Gedanken verstecken. Immerzu zwirbelt Paul an der vordersten Locke herum, mit der linken oder auch der rechten Hand, obwohl er Linkshänder ist. Er wickelt sie um den Finger und zerrt daran, so als wollte er sie gerade ziehen, es sieht schmerzhaft aus. Haarwurzeln, denke ich, das muss doch weh tun, denke ich, aber er scheint dieses Zerren noch nicht einmal zu bemerken. Sobald er loslässt, springt die Strähne wieder zurück wie eine Sprungfeder. Sie hat gewonnen. Ist eine Locke.

Paul liest Seneca, so einer ist er, einer, der freiwillig Seneca liest. Er hat Latein als Leistungskurs gewählt. Beim Lesen schreibt er dann Gedanken an den Rand und Fragen, und ich habe nie herausgefunden, wer ihm diese Fragen beantworten soll.

Paul, so geht Paul, merkt nichts. Nicht von dem Zwirbeln und manchmal auch nichts von dem, was man Leben nennt. Paul, du hast einen Tick, kann man zu ihm nicht sagen, das würde ihn verwirren. Weil Paul Paul ist, würde er einen dann anlächeln, auf diese korrekte, höfliche Weise, er bekäme dann das weiche, das unschuldige Gesicht. Paul würde fragen: Wie meinst du das? Welcher Tick? Was mache ich denn? Weißt du, mir ist nichts aufgefallen.

Man möchte ihm dieses Lächeln wegwischen, wie mit dem Schwamm ein Kreidemännchen auf der Tafel.

Ratte, Paul und ich. Ich weiß nicht, ob die Dinge schon immer anders gewesen waren, mit uns dreien, oder ob wir das erzwangen. Ob wir uns permanent Mühe geben mussten und deshalb spielten, und auch deshalb alles verspielten.

Jetzt ist uns diese Geschichte passiert, und jetzt liege ich hier. Und ich warte darauf, dass das Telefon klingelt. Das Telefon liegt neben dem Bett, und es schweigt. Der Boden ist Parkett. Warum Parkett? Über solche Dinge denke ich nach. Wollte meine Mutter Parkett, oder haben sie das Haus schon so gekauft, mit dem Parkett darin? Ich knabbere Pistazien und denke. Dann ziele ich mit den Pistazienschalen in eine Schüssel, die ich an die Tür gestellt habe. Oft treffe ich nicht.

Oder bist du uns passiert?

Diese Geschichte ist lang, und sie ist kurz, sie ist verwirrend und vertrackt, verworren ist sie auch, und manch einer würde vielleicht sagen, sie ist verrückt, aber ich nicht.

Diese Geschichte hat auch einen Ort, und der Ort trägt einen Namen. Er trägt diesen Namen laut. Ein Ort, über dem dieser Spruch steht, zu dem jedem was einfällt. Dieser Satz. Schauder über den Rücken, und alles andere auch.

Ratte hat sich in S. verliebt, und Paul hat sich in mich verliebt, das ist ein Vielleicht, und ich habe mich in dich verliebt, das ist ein Sicher. Und du. Ratte, Paul, du und ich. Das ist die Steigerung dieser Geschichte. Ich glaube, eine Steigerung nennt man Akkumulation.

Von dieser Geschichte gibt es ein Foto. Das Foto haben alle gesehen. Es geistert im Internet herum, auf Facebook und Twitter, man teilt es, und es ist komisch, wenn da welche auf «Gefällt mir» klicken. Zeitungen haben das Foto abgedruckt. Mein Papa hat es gesehen. Alle haben das Foto gesehen.

Auf dem Foto sieht man zwei Teenager. Sie küssen sich. Nein. Sie knutschen. Hinter ihnen sieht man Gleise. Zwischen den Gleisen sieht man grünes Gras. Das Mädchen trägt schwarze Sachen. Der Junge ist blond.

Man sieht auf dem Foto nicht, dass alles ein Spiel ist. Und man sieht nichts von dir.

Diese Geschichte ist ein Ich, sie ist ein Du, und sie ist Er nicht, und sie ist ein bisschen ein Vielleicht.

Ich weiß nicht, wo ich anfangen soll zu erzählen. Ich spule zurück, ich suche den Anfang. Als du das Klassenzimmer betrittst. So hat diese Geschichte begonnen.

Als du das Klassenzimmer betrittst, steht das Leben still. Der Stillstand ist ein Immer. F. und K. waren laut. R. schlief beinahe, den Kopf auf dem Tisch. T. schrieb die Mathehausaufgaben von J. ab, und J. Erdkunde von T. T. schrieb auch die Fehler mit ab, wie immer. K. tröstete

L. wegen irgendeines Typen, oder es war an dem Tag andersherum und L. tröstete K., es lief eh auf dasselbe hinaus. S., P., T., M. und K. daddelten auf ihren Handys und riefen sich immer wieder Kosenamen zu: Alter, du Arsch, ey. Es stank nach Jungenschweiß und Deos, die nach Aufmerksamkeit schrien. Draußen auf dem Schulhof lagen gelbe und orangefarbene, rote und rostfarbene Blätter, die der Kastanien waren erschöpft gealtert und die der Ahornbäume versuchten auf Teufel komm raus, die Schönsten zu sein. Narzisstische Blätter, oder waren die Bäume Narzissten? Als du das Klassenzimmer betratst, war es Herbst, an den Nachmittagen wurde es bereits früher dunkel. Wir suchten nicht nach Licht.

Wir verkriechen uns in unsere Kopfhörer und in die Musik. Ich hörte viel altes Zeug in diesem Herbst, Beach Boys, The Monkees, Simon & Garfunkel, ich hörte auch noch die Sommer-Playlist von Obama, obwohl die Blätter von den Bäumen gefallen waren, und Ratte das für ein billiges politisches Statement hielt und mir nicht glauben wollte, dass ich die Musik wirklich mochte. Wir harrten aus, bis das Schuljahr zu Ende ging. Es war Ende September. Auf uns wartete die Kälte im Winter und sonst nicht viel Neues. Winter hieß, dass wir mit dem Bus anstatt mit dem Fahrrad zur Schule fahren würden, und dass es an Weihnachten Geschenke und im besten Falle Geldgeschenke gäbe, und mehr hieß er nicht.

Als du das Klassenzimmer betrittst, sitze ich auf meinem Platz. Ich trage eine schwarze Strickjacke, die

Ärmel so lang, dass meine Hände darin verschwinden. Das ist wie ein Versteck to go. Die Ärmel sind von meinem ständigen Gezerre an ihnen ausgefranst. Paul liest. Ratte strickt. Ratte kann das: Stricken. Die Stricknadeln bewegen sich so schnell hin und her, dass man denken könnte, sie machen das ganz alleine, ohne ihr Zutun. Ratte strickt einen Schal für Paul. Für den Winter. Meiner ist als Nächstes dran. Schwarz.

«Ratte?», sage ich.

«Was?», sagt Ratte und schaut von ihrem Strickzeug auf.

«Ach nix», sage ich.

So langweilig ist mir.

Als du das Klassenzimmer betrittst, sind die Dinge wie immer. Es gibt uns drei, und es gibt die anderen, alle, und sonst gibt es nicht viel im Leben, wir warten einfach. Man könnte uns fragen, worauf wartet ihr denn, und wir würden das Augenscheinliche aufzählen: Abitur, Ausziehen, Wegziehen, Ausland, ein anderes Leben, überhaupt ein Leben. Aber wir wussten nicht wirklich eine Antwort.

Als du das Klassenzimmer betrittst, warten wir eigentlich auf Herrn Jäckel. Herr Jäckel kommt immer zu spät. Weil er noch eine rauchen muss. Seine Zähne sind so gelb wie die Abbildung der Zahnverfärbung durch Nikotin im Biobuch in der Neunten, die uns vom Rauchen abschrecken sollte. Tat sie natürlich nicht, aber in Erinnerung habe ich sie trotzdem behalten, oder vielleicht erinnerte mich Herr Jäckel auch nur täglich an sie.

Wir wussten nie, wer weniger Lust auf seinen Unterricht hatte, wir oder Herr Jäckel selbst. Paul schwor, der Typ würde es schaffen, selbst ihn noch davon abzubringen, Geschichte studieren zu wollen.

Paul sagt das natürlich nicht so, er formuliert es formschön:

«Er wird mir noch den Vorsatz rauben, Historiker werden zu wollen.»

Und dann kann ich es immer nicht lassen:

«Wäre vielleicht gar nicht so schlecht. Würde dir vielleicht guttun, so ein Leben im Jetzt.»

Und Ratte ermahnt mich daraufhin immer, und sie zieht mich am Ärmel wie ein Kind, das man zurückpfeifen muss, damit es dem Hund nicht weh tut.

«Alex, halt doch einfach mal den Schnabel!»

Manchmal frage ich dann, borstig mit Absicht:

«Wieso, darf ich meine Meinung nicht sagen?»

Aber nur an Tagen, an denen mir gar nichts gefällt. Das sind wir drei, Paul, Ratte und ich.

Du betrittst das Klassenzimmer zusammen mit Frau Striegel. Frau Striegel ist unsere Schuldirektorin. Ein Strich in der Landschaft. Sie hat noch nie in ihrem Leben Kuchen gegessen, noch nicht mal als Kind. Man erzählt sich, sie hat eine Krankheit, aber man erzählt sich nicht viel über die angebliche Krankheit. Sie ist zu wenig ein Mensch.

Frau Striegel sagt, wir sollen uns setzen, dabei sitzen die meisten schon. G. läuft in gemächlichen Zeitlupenschritten nach hinten zu seinem Platz, damit man ihn bemerkt. Frau Striegel erfüllt ihm den Wunsch.

«Setzt du dich bitte auch hin. Ruhe bitte», sagt sie.

Das ist so ein Satz. Lehrer sagen das automatisch, setzt euch hin, obwohl alle schon sitzen, nehmt eure Stifte, obwohl es nichts zu schreiben gibt, Ruhe bitte, aber wir waren alle schon ruhig. Weil Herr Jäckel nicht da war, sondern sie. Und weil sie dich mitgebracht hatte, auch wenn du als Erster das Klassenzimmer betratst. Als hättest du sie mitgebracht. Wir wissen noch nicht, wer oder wie du bist, also kannst du noch das sein, was wir sehen: ein junger Typ, hübsch. Schwarz gekleidet. Lässig irgendwie. Einer, der den Raum einnimmt, anstatt reinzukommen. Hier beginnt diese Geschichte. Jetzt.

Frau Striegel erklärt uns, dass Herr Jäckel für längere Zeit ausfallen wird, dass er krank ist, und bevor sie den Satz auch nur beendet hat, geistert Lungenkrebs durch den Raum, auch wenn ich niemanden höre, der das Wort tatsächlich ausspricht. Dann sagt sie noch, dass wir Glück gehabt hätten, wir und auch die Schule, weil du uns so schnell vom Schulamt zugewiesen wurdest, und sie blickt zu dir, wartend. Ich glaube, sie wartet auf ein Lächeln oder ein Wort.

Du lächelst nicht, und du sagst auch kein Wort. Das ist wie eine Entscheidung, die laut im Raum steht. Das macht dich interessant. Frau Striegel schreibt dann, weil sie auch nicht weiterweiß, deinen Namen an die Tafel, als wären wir in der fünften Klasse, und du stehst da so einfach, als ginge dich das alles nichts an, aber nicht abgespacet oder so. Sondern als würdest du warten, auf was auch immer. Auf deinen Auftritt, deinen Einsatz, oder darauf, dass endlich etwas passiert. Das macht dich ein bisschen zu einem von uns.

Referendare mögen wir fast immer. Referendarinnen sind zu engagiert und zu bemüht, sie legen zu viel Wert auf das IN in ihrer Bezeichnung, und betonen das immer so, ReferandarIN. Sie bereiten sich akkurat auf den Unterricht vor und erwarten deshalb, dass wir uns dem von ihnen akkurat vorbereiteten Unterricht akkurat widmen, und sie haben zu schnell vergessen, wie sie zur Schule gegangen sind, und auch sich selbst. Referendare mögen wir, weil sie zwar auch eifrig sind, aber vor allem eifrig darin, uns gefallen zu wollen.

Du nicht. Du wolltest nicht uns und nicht Frau Striegel gefallen, du wolltest gar nicht gefallen, aber gabst dir auch darin keine Mühe. Woraufhin du natürlich uns allen gefielst.

Es lag in der Art, wie du deinen beigefarbenen Rucksack mit den zwei Lederschnallen auf den Boden warfst, ohne ihn werfen zu wollen, und wie du dich auf den Tisch setztest, auf den Tisch, und wie deine langen Beine vom Tisch herunterhingen, lustlos, und deine Sneakers kein Label hatten, und nichts an dir ein Label war, und wie du deshalb ganz schnell selbst zum Label wurdest. Und wie du sagtest:

«So, ich möchte das jetzt alles ein bisschen anders machen, wenn es euch recht ist.»

Wie damit eigentlich alles begann. Und wie wir nicht wussten, was du damit meintest, mit dem «das», und mit dem «ein bisschen» und erst recht nicht mit dem «anders», und trotzdem da schon so ein Gefühl hatten und unsere Rücken durchstreckten. Das Gefühl endete dann in einem Lada in Polen und später in einem Kuss, aber der Kuss war ein Spiel, außerdem war es ein Ende.

«Schuldirektoren schieben schonungslos spontan schieflächelnde, schleimige, charmante Schlaumeier-Streber-Referendare in den Schulunterricht, der schnell schlagartig strunzdoof, schaurig, spießig scheint», sagst du.

Das ist dein erster Tag, dein zweiter Satz, und dein Moment, und du denkst dir wahrscheinlich, du hast ihn dir gut ausgedacht, diesen Satz. Hast du das, ihn ausgedacht, oder kommen dir solche Dinge spontan-schlagartig-schnell in den Kopf?

Wir starren dich an. Wir wissen nichts über dich. Wir starren dich an, aber wir haben immerhin entschieden, dass wir mehr als nichts über dich wissen wollen.

«Und, wer macht weiter?», fragst du.

Die meisten von uns gucken jetzt sicherheitshalber aus dem Fenster oder auf ihre Tische. Ratte sieht direkt zu dir, sie hat diesen neugierigen, den wachen Blick, und Paul starrt ins Nirgendwohin. Ich schaue vom einen zum anderen und entscheide mich dann für das Fenster, wähle aber das neben dem Lehrerpult, auf dem du sitzt.

Du lächelst. Das Lächeln leistest du dir. Du blickst uns an. So nennt man das. Jemanden anblicken.

«Niemand?», fragst du.

«Niemand macht weiter? Echt?», und du klingst eher überrascht als enttäuscht.

«Womit denn weitermachen?», fragt F.

Und wir sind ihm dankbar, dass er diese Frage stellt. Dass er sich traut, bei dir.

«Ich weiß nicht», sagst du. «Mit Sätzen, zum Beispiel.»

Du sitzt da so auf dem Tisch, auf dem Lehrerpult, und wir sitzen da so, auf den Stühlen hinter den Tischen, und die Stühle sind schon immer zu niedrig gewesen. Du hast uns also allein schon durch deine Position etwas voraus, das ist unfair, so wie es auch deine Antwort ist. Als wärst du nicht, der du bist, und als wären wir nicht die, die dir gegenübersitzen. Das denke ich noch, und dann will ich gerade noch denken, dass wir aber mehr sind, viel mehr, in der Überzahl also, so störrisch will ich denken, dass du mit deiner Art, als hätte nichts eine Bedeutung, dass du mit dieser Art, das denke ich, aber da springst du vom Tisch. Eine vollkommen unnötige Bewegung im Übrigen, weil deine langen Beine eh beinahe bis zum Boden reichen, und du läufst durch das Klassenzimmer und setzt dich auf den einen freien Platz im Raum. Der ist neben Paul.

Jetzt ist niemand mehr vorne.

Siehst du, diese Stühle sind zu niedrig, und deine Beine sind zu lang für diese Schultische, das hast du mit Paul gemeinsam. Vier Sneakers schauen unter dem Tisch hervor, zwei schwarze ohne Label, zwei weiße

Asics mit blauen und roten Streifen. Sie wären ein gutes Profilbild für Facebook.

Paul sieht auf den Tisch.

Pauls Geschichte geht so: Paul hat einen Bruder. Sein Bruder hat eine Behinderung, ich weiß nicht, welcher Art. Sein Bruder kann sprechen und laufen, und ich glaube, etwas arbeiten tut er auch, aber ich weiß das nicht so genau, weil Paul nichts sagt. Wenn Paul nichts sagt, dann fragen wir nicht, dann fragt noch nicht einmal Ratte. Pauls Eltern jedenfalls haben sich um seinen Bruder gekümmert, oder um dessen Behinderung, die keiner in der Familie so nennt. Pauls Eltern haben sich schon immer um seinen Bruder gekümmert, das erzählte uns Paul so, und so erzählte er es uns nicht: Um mich haben sie sich nicht gekümmert. Pauls Geschichte ist eine von Einsamkeit. Ratte und ich sind seine Familie, und ich weiß nicht, für wen wir das tun: für uns oder für ihn.

Wer jetzt vor Paul sitzt, dreht sich nach hinten um, um zu sehen, was da geschieht, um dich besser sehen zu können. Wer hinter Paul sitzt, drückt seinen Rücken durch. Hälse recken sich empor, und Hände liegen konzertiert auf den Tischen. Münder stehen still, während Gedanken rasen. Fragen überholen Gedanken, aber Antworten lassen sich Zeit. Selten hat dieser Raum eine solche Anspannung gespürt. Ich sitze über den Gang hinweg direkt neben Paul, Ratte sitzt neben mir. Du tust so, als würdest du all die dir entgegengereckten Köpfe nicht bemerken, Paul wird rot, und vielleicht bemerkst du die dir entgegengereckten Köpfe tatsächlich nicht. Rotes Gesicht, aschblonde Mähne, ein Finger, der eine störrische Locke zwirbelt, und der Fingernagel an dem Finger zu lang, als wäre er ein Mädchen. Das ist Paul. Paul hat eine sehr eigene Schönheit, und jetzt, in diesem Moment, sieht man sie nicht.

«Magst du? Weitermachen?», fragst du Paul.

Du siehst Paul in die Augen, und Paul erwidert deinen Blick. Das ist ein sonderbares Bild, und wahrscheinlich ist es auch ein sonderbares Gefühl. Wir nehmen eigentlich gerade Bismarck durch, wir nehmen ihn durch, aber hören nicht hin, wenn Herr Jäckel erzählt, und jetzt ist Herr Jäckel nicht da, und es ist, als würde dein Blick Paul die Röte aus dem Gesicht ziehen. Wie ein Magnet oder so was.

«Referendare referieren ratsamerweise rar Reste riesiger Reigen von Referaten», sagt Paul.

Er sagt es Wort für Wort, in einer Langsamkeit, die er richtiggehend auskostet. Da hast du den Richtigen erwischt. Das freut uns.

Ratte stupst mich in den Rücken und auch in die brennende Stille hinein. Ich drehe mich kurz um, ziehe die Augenbrauen hoch. Sie zieht die Augenbrauen auch hoch. So reden wir miteinander. «Buchstabenspiele beschäftigen barbarische Babys, die Buchstabensuppe beißen», sagt Ratte, woraufhin sich alle Köpfe wie auf Kommando zu ihr drehen, wie in einem Film.

Rattes Geschichte geht so: Als Ratte dreizehn war, hat sie sich in einen siebzehnjährigen Klarinettenspieler aus der Musikkapelle verliebt. Mit dem schlief sie dann auch prompt, ihr erstes Mal. Das erzählte sie uns drei Jahre später. Sie war neu in unserer Klasse, sie hatte es von der Realschule auf unser Gymnasium geschafft. Ich fragte nicht, wie es war, mit dem Klarinettenspieler zu schlafen, und ich sagte ihr nicht, dass ich noch nicht, und bei Paul konnte sie sich das wahrscheinlich denken. Bei mir wahrscheinlich auch.

Der Sex mit dem Klarinettenspieler brachte Ratte eine Erkenntnis, für die andere Jahrzehnte brauchen oder ein ganzes Leben:

«Das mit der Liebe kann eine Einbahnstraße sein, und Sex ist kein Richtungsschild in Sachen Liebe.»

Das sagte Ratte so zu uns, in diesen fertigen Sätzen, und ich wollte sie fragen, ob sie das damals schon so formuliert hat, in genau diesen Postkartensätzen, mit dreizehn. Ich fragte sie dann lieber nicht, weil ich, ich wusste nicht so viel über Sex oder Liebe. Über Liebe wüsste sie auch nicht viel, sagte Ratte, obwohl ich sie nichts gefragt hatte, aber das mit dem Sex. Da sie schon dabei war, hatte Ratte gedacht, warum denn nicht, vielleicht hatte sie das auch eher gefühlt, und so schlief sie sich querbeet durch die Betten, wie sie sagte. Jungs und Mädchen, und alles andere auch, fügte sie noch hinzu, und ich fragte dann natürlich doch, was soll denn bitte alles andere sein, und sie lachte, weil sie gern ein Geheimnis ist. Weil sie gern ein Geheimnis wäre. So geht Ratte.

Nachdem Ratte mit allem, was ihr interessant erschien, geschlafen hatte, so sagte sie, allem mit einem m, nicht mit einem n, beschloss sie, später etwas werden zu wollen, nämlich Ärztin. Sie fing an, für die Schule zu lernen, und lernte sich bis zum Gymnasium durch, und sie beschloss, etwas Ruhe zu finden, so nannte sie das, obwohl sie gerade mal sechzehn war. Das ist kein Kompliment, aber ich glaube, es ist der Grund, warum sie mit mir und Paul befreundet ist. Wir sind die Ruhe, die sie sucht. Dabei wollten wir nie ihre Ruhe sein.

Ich. Ich spreche hier eigentlich von mir.

Jetzt ist Ratte siebzehn. Wie ich.

«Wollen wir weiter wiederholt wahnsinnig witzige Wortspiele weit um uns werfen?», frage ich in die Klasse, aber schaue dann zu dir. Das Spiel gehört uns. Noch nie haben sie die Köpfe nach uns gedreht.

Wir haben also schon gewonnen.

«Wir haben eigentlich Geschichte, nicht Deutsch», sagt D., dem nichts einfällt, weil D. zu allem etwas sagen muss.

«Deutsch deutet und drangsaliert und duftet und donnert, und das durchgängig», sagst du.

Du bleibst sitzen, neben Paul. Das wird ab jetzt immer so sein, du unter uns, immer neben jemand anderem, du wechselst die Plätze durch, und es ist etwas, worüber wir uns bald nicht mehr freuen werden, wir sind Gewohnheitstiere, wir sind Menschen. Wir werden bald vergessen, dass das in Geschichte und Deutsch mal anders war, dass auch da immer ein Lehrer vorne stand und Sachen, die wir nicht lasen, aber brav abschrieben, an die Tafel kritzelte. Bei dir weiß ich nicht mal, ob du weißt, wo die Kreide aufbewahrt wird. Du sitzt immer zwischen uns. Das Lehrerpult ignorieren wir, wir verweisen es gedanklich des Raums. Du wechselst durch, setzt dich jedes Mal neben jemand anderen. Du baust keine kommunikationsfreundlichen Sitzkreise, damit wir lernen, beim Sprechen Blickkontakt zu halten, und du lässt uns nicht Tische schieben, vor der Stunde und danach. Wir interpretieren zu viel hinein: Du bist einer von uns. In diesem ersten Herbst verliert Pauls Gesicht seine Röte.

«Deutsch disst dumme Deutschtürken», steigt M. ein.

Immer muss er daran erinnern, dass er Türke ist. Für den Fall, dass man das nicht an seinem Fußballtrikot erkennt, das er fast täglich trägt, oder an dem Ayran-Becher, der immer auf seinem Tisch steht. M. ist ein netter Kerl, und der Migrantenanteil an unserem Gymnasium ist klein, gutes Stadtviertel und so weiter. Ich kann den Ayran-Becher verstehen.

«Deutsche wie Deutschtürken dürfen dagegen, das heißt gegen Dissen und Dummheit demonstrieren. Dummheit duldet Dulden nicht», sagst du.

Dann sagt Paul, wieder mit seiner festen Stimme, die er sonst für Ratte und mich aufspart:

«Absurde Alliterationen appellieren absolut an asoziale Arschlöcher.»

«Dead Poets Society, oder was?», flüstert Ratte mir

zu, während die Sätze durch den Raum schwirren. Ich zucke mit den Schultern. Und traue mich nicht, ihr zu antworten, na hoffentlich.

Du hast uns später das mit den Stilmitteln beigebracht. Oxymoron, Ellipse, Anapher, Chiasmus, Hyperbel, Klimax und so weiter. Ich habe sie mir nicht alle merken können und manche nicht verstanden, aber ich merkte mir das mit den Tieren und den Fabeln. Ich glaube, das ist eine Allegorie und keine Metapher, aber ich weiß nicht mehr, was der Unterschied ist. Jedenfalls denke ich: Wir waren schnelle, aber unsichere Antilopen, und wir hielten dich gerne für einen Löwen, und du wolltest vielleicht überhaupt kein Tier sein.

Ratte, Paul und ich. Das ist mein Leben. Wenn Ratte nicht mit dem Mofa zur Schule fährt, holt sie mich mit dem Fahrrad ab. Ich hole Paul ab, immer. Paul hat ein weißes Fahrrad, meines ist schwarz. Natürlich. Wir reden nicht viel beim Radeln, Paul und ich, morgens. Morgens sind wir noch müde. Aber wir wollen bei- und miteinander sein. Zusammen betreten wir die Klasse. Dann ist das Betreten ganz einfach. In den Pausen stehen wir beieinander. Ratte bringt Pausenbrote mit, für uns alle. Ich zahle die Cola und die Zigaretten. Paul macht Hausaufgaben für uns, das fällt ihm leicht. Nach der Schule gehen wir meistens zu mir. Abends kochen wir was, und mein Papa sagt, wenn er nach Hause kommt: «Na, ihr drei, wie war eurer Tag?»

Ich habe einen Papagei, der Astrid heißt, und meinen Papa, und ich habe Ratte und Paul. Das klingt langweilig, und es klingt nach nicht viel. Langweilig ist es manchmal, aber es ist nicht wenig.

Um der Langeweile zu entkommen, spielten wir manchmal Spiele, Ratte, Paul und ich. Wir spielten Spiele, um zu spüren und zu fliehen, aber wir sagten fliegen dazu. Wir spielen, um zu fliegen. So war das, bevor du kamst. Und bevor wir wussten, wer wir waren.

Wir spielten Spiele. Das waren wir. Es war gut, weil es anders war, und weil wir etwas ahnten. Das Etwas war Macht, Macht schmeckte nach Metall und schenkte so ein leises Wissen, wir wollten noch mehr davon und wir wollten nicht warten. Wir waren wie zappelige Kinder, die Erwachsene spielten, aber das Spiel war Ernst. Zum ersten Mal fühlten wir, dass es gut war, anders zu sein. Das war wie ein Fernblick in die Zukunft. Wir waren, was wir einmal werden wollten, niemand schaute uns zu und niemand schaute uns an. Wir waren nur.

Ein Spiel nannten wir «Du wirst dich doch trauen», und ein anderes «Ist mir doch egal», und mein Lieblingsspiel hieß «Stell dir mal vor».

«Stell dir mal vor, du musst morgen nackt in den Unterricht.»

«Stell dir vor, du musst morgen nackt in den Unterricht, und du wirst an die Tafel gerufen, und jeder darf dir Feedback geben. Also zu deinem nackten Körper.»

«Stell dir vor, du musst mit jemandem aus der Klasse vögeln. Wen nimmst du?»

«Muss ich?»

«Ja.»

«Ich weiß gar nicht, was schlimmer ist. Nackt sein oder vögeln.»

«Stell dir vor, du musst die Zwölfte wiederholen. Dreimal hintereinander.»

«Stell dir vor, du lebst in ‹Täglich grüßt das Murmeltier›. Also du wachst auf und bist jeden Tag im selben Tag. In einem Montag. Zweimal Mathe, einmal Physik, einmal Chemie, zweimal Latein, und nachmittags Sport. Und im Sport immer nur Turnen.»

«Stell dir vor, du lebst in ‹Täglich grüßt das Murmeltier›. Du wachst auf und bist jeden Tag im selben Tag. Und es ist der Tag, an dem du nackt zur Schule musst. Oder der Tag, an dem du mit deinem Lehrer vögeln musst.»

«Du bist ja so ein Arschloch.»

«Selber.»

«Stell dir vor.»

Wir spielten das immer wieder, wir waren süchtig danach. Einer begann. Die anderen trieben. Trieben weiter und aus voller Inbrunst zu weit. Da war etwas in uns, es war wie an eine Klippe zu gehen, ganz nah an den Abgrund, aber nicht zu springen. Und zu wissen, man könnte, jederzeit, es sind nur wenige Zentimeter bis zum Rand.

Und wissen, man könnte auch jederzeit schubsen.

Wir schubsten, sprangen aber nie. Wir schubsten gegen jeden Widerstand, gegen flehende Augen und lockere Sprüche, aus denen Unsicherheit tropfte. Wir wollten geschubst werden, denn wir bildeten uns was drauf ein. Dass wir uns trauten. Wir waren mehr.

Jetzt frage ich mich, wer von uns dreien hat diese Spiele eigentlich erfunden, was war denn das erste Spiel. Ich kneife die Augen zusammen.

«Ist mir doch egal, wenn du mir sagst, was du hässlich an mir findest.»

«Deine Oberarme, die sind so schwabbelig. Furchtbar. Ein Mann muss starke Oberarme haben.»

«Ist mir doch egal, wenn du mir etwas sagst, was dich an mir nervt, und was du mir sonst nie zu sagen trauen würdest.»

«Dass du aus allem eine Show machen musst. Alles ist ein Auftritt für dich. Alles demonstriert, wie unabhängig du bist, und wie egal dir ist, was die anderen von dir denken.»

«Ist mir doch egal, wenn du mir etwas auf die Stirn schreibst, was ich nicht abwischen darf. Auch nicht morgen, wenn wir zur Schule gehen.»

«Okay.»

«Was hast du denn jetzt geschrieben?»

«Ich will Sex.»

«Danke schön.»

«Ich dachte, es ist dir egal.»

«Ist es mir ja auch.»

Ich glaube, so hat unsere Freundschaft begonnen, mit

Spielen. Ich befürchte, so hat sie auch geendet. Ich habe sie beendet mit einem Spiel.

Ein Tag hat einen Morgen, einen Zwischenteil, der sich zieht, und einen Abend. Der Morgen beginnt mit Schwarz. Meine Bettwäsche ist schwarz, mein Schlafanzug ist schwarz, und die Unterwäsche, die ich aus der Kommodenschublade ziehe, ist auch schwarz. Schwarz ist eine Farbe. Ich erwähne das, weil viele das nicht wissen, und viele denken, dass Weiß und Schwarz und Grau gar keine Farben sind. Es sind aber unbunte Farben. Dass ich Schwarz mag, hat nichts mit Traurigkeit oder Einsamkeit zu tun. Einsamkeit hat keine Farbe. Einsamkeit ist ein Ziehen mit einem Klang: Eine einzige gezupfte Gitarrensaite. Das hohe E. Traurigkeit kann ich nicht leiden. Das hat viele Gründe. Als Farbe liebe ich Schwarz.

Ein Tag, an dem wir Deutsch oder Geschichte haben, ist jetzt ein Tag, an dem wir dich haben. Das heißt, es könnte etwas passieren. Das heißt, die Schule wird zum Vielleicht, und weil die Schule – gegen unseren Willen, und obwohl wir das nicht zugeben wollen – unser Leben ist, wird auch unser Leben zu einem Vielleicht. Wir lernen schnell, solche Dinge lernen wir schnell, aber nicht, was Bismarcks Kulturkampf war, und auch nicht, wie sich eine Allegorie von einer Metapher unterscheidet.

Ich weiß nicht, ab wann das anders wurde, wann sich das Leben genau verschob, um fünf Zentimeter Richtung Hoffnung. Dass unsere Herzen lauter klopften und in einem gemeinsamen Rhythmus, und der

Gang durch die Schulflure plötzlich ein festerer war, einer mit ins Linoleum gestampften Spuren, einer mit durchgedrücktem Rücken. Ich weiß nicht, wann sich die Dinge verschoben, das Leben Richtung Hoffnung, Geschichte und Deutsch ineinander, weil du keinen Unterschied zwischen den Dingen machtest, und wir sagten nicht mehr, wir haben Geschichte, wir sagten, wir haben dich. Ich weiß nicht, wann sich die Dinge verschoben, ich Richtung du. Dass ein Tag, an dem wir Deutsch oder Geschichte hatten, zu einem Tag wurde, an dem ich dich hatte. Als du eine Bedeutung wurdest, eine für mich.

Ein Tag, an dem wir dich haben, beginnt immer gleich, und so lerne ich, dass gleich nicht gleich langweilig ist, diese scheinbar simple Wahrheit. Du kommst herein, den Rucksack schmeißt du in die Ecke, das hatten wir ja schon, dann schreibst du ein Wort an die Tafel.

Geschichte
Deutsch
Frage
Antwort
Nein
Müssen
Können
Sein
Jetzt
Zeit
Träne
Er

Und so weiter. Wir sagen nichts, weil wir das schon kennen, aber ich glaube, wir haben auch am zweiten Tag schon nichts mehr gesagt. Du schreibst ein Wort an die Tafel, und du setzt dich hin, an den einen freien Platz in der Klasse. Wir nehmen alle einen Stift in die Hand, auch du, und wir schreiben, fünf Minuten lang schreiben wir drauflos. Was wir schreiben, ist egal, hast du uns erklärt. Was wir schreiben, muss keinen Sinn ergeben und keinen Zusammenhang haben, es gibt bei diesem Schreiben keine Regeln, was unsere Lieblingsregel ist: dass es keine Regeln gibt. Es gibt nur dieses eine Ding: dass wir den Stift nicht absetzen dürfen. Fünf Minuten lang. Wir schreiben, alle schreiben, auch R., der sonst nie etwas schreibt, noch nicht einmal in Klassenarbeiten, keiner weiß, wie er es schafft, versetzt zu werden. Auch K. und L., die sich sonst über alles lustig machen, was im Unterricht oder im Leben so passiert, schreiben. Auch D., der Legasthenie hat, und M., die einfach nur dumm ist. Auch du. Fünf Minuten lang. Stille im Raum. Es riecht nach Kaugummi, Kaffee, nach der verdorrten Luft von gestern. Ich möchte eine Hoffnung von später erahnen, und ich mag den Krampf, der im Unterarm vom Schreiben schmerzt. Ein Schreibkrampf.

Nach den fünf Minuten musst du nichts sagen, nicht so was wie «wir kommen jetzt langsam zum Schluss» oder diese anderen Dinge, die Lehrer so sagen. Du legst deinen Stift ab in dieser Stille, du legst ihn sozusagen in die Stille hinein.

Du sagst, wir dürfen mit diesen Texten machen, was wir wollen. Manchmal nennst du sie Auswürfe. Sammeln oder wegschmeißen, vorlesen oder erst viel später lesen.

«Vielleicht lest ihr sie auch erst in fünf Jahren», sagst du. «So was kann doch total spannend sein. Zu lesen, was man mit siebzehn gedacht hat.»

Ich möchte dich fragen, was du so gedacht hast, mit siebzehn, und was du denn heute so denkst, wenn du ein Wort an die Tafel schreibst. An der Tafel steht jetzt «Einmal», und ich möchte dich fragen, was dir einmal passiert ist. Was du aufgeschrieben, das möchte ich dich fragen.

Ich frage dich: «Was machen Sie denn mit Ihren Texten?», weil man das machen kann bei dir, dir solche Fragen stellen. Persönlich, privat. Deshalb hören wir dir zu.

«Ich? Ich werfe sie zu Hause in eine Schublade in meinem Schreibtisch und sammle sie da.»

«Wie lange denn? Fünf Jahre?»

«Vielleicht. Vielleicht lese ich sie aber auch schon früher. Oder ich lese sie gar nicht. Und die landen dann irgendwann in einem Umzugskarton. Oder im Mülleimer. Keine Ahnung.»

Ich frage dich nicht, ob du mal vorlesen würdest, was du so schreibst. Ob ich mal lesen darf, das sowieso nicht. Nie frage ich dich die wichtigen Sachen.

Einmal fragst du in die Runde, ob jemand vorlesen möchte. Das Wort, das an diesem Tag an der Tafel steht, ist «Mut». Niemand meldet sich, aber alle starren dich an. Das hast du noch nie gefragt, aber tausend Mal erklärt, dass das, was wir schreiben, nur für unsere eigenen Augen bestimmt ist.

«Und, Mut?», fragst du. Sechs Buchstaben, die die Stille zerschneiden.

Da fängt Paul an zu lesen.

Manchmal ist Stille Mut. Manchmal ist Mut Stille. Ich sage nichts, und ich sage mir selbst, dass ich mutig bin, weil ich nichts sage. Das tue ich, um mich besser zu fühlen. Mutlüge, Lügenmut, Mutstille, stiller Mut. Von den Geschwistern Scholl sollten wir eigentlich gelernt haben, dass es mutig ist zu sprechen. Ich sage nichts, denn was wäre die Antwort, ein Lachen vielleicht. Sie hat dieses Lachen, dieses besondere Lachen. Ich wünschte, sie würde das öfter tun, lachen. Und ich glaube nicht, dass sie jemals lachen wird, nur für mich oder wegen mir, oder weil ich da bin, und ich werde nie hören, wie dieses Lachen klingt. Das Lachen ist für mich. Wenn sie sich über mich freut. Ich weiß nicht, wie ich unterscheiden soll zwischen Dummheit und Mut. Nichts zu sagen, wäre vielleicht feige, aber etwas zu sagen wäre dumm. Es gibt einen Zusammenhang zwischen Mut und Dummheit, und zwar einen, den gestehen wir Menschen uns nicht gerne ein, weil die Angst …

«Da war die Zeit dann um», sagt Paul.

«Danke», sagst du. «Auch für den Mut. Und über den Zusammenhang zwischen Mut und Dummheit würde ich gern noch mehr hören.»

Da lächelt Paul. Und Ratte stupst mich an, wie immer.

«Sag mal, Paul?»

«Ja?»

«Wen hast du denn da vorhin gemeint?»

«Wer ist die?»

«Oder hast du mich gemeint?»

«Oder sie?»

«Oder uns beide?»

«Niemanden.»

«Wie?»

«Noch nie was von einem literarischen Text gehört?»

«Ach so.»

Seit diesem Tag lesen Ratte, Paul und ich uns die Auswürfe manchmal gegenseitig vor. Abends, im Dunkeln. Das ist unser neues Spiel. Wir nehmen diese kleine blaue Taschenlampe dafür, die an Rattes Schlüsselbund hängt. Wir lesen vor, nacheinander. Einer beginnt, aber wir sprechen uns vorher nicht ab, wer. Wir harren in der Stille aus. Das ist schön wie ein Schmerz. Einer beginnt. Da ist nur eine Stimme, die im Dunkeln leuchtet. Rattes Stimme klingt klar, sogar einen Tick zu laut, und wenn sie nicht entziffern kann, was sie geschrieben hat, dann macht sie das Ähm-Ding, dann unterbricht sie sich selbst:

«Ähm, wartet, was habe ich da geschrieben? Ich kann ja meine eigene Schrift nicht lesen.»

«Psst», sagt Paul. «Lass dir einfach Zeit.» Er will die Stille bewahren, in der die Stimmen leuchten können.

Pauls Stimme ist leise, sie passt sich der Dunkelheit an. Sie legt Bedeutung in seine Worte. Ich lese zögernd, und ich mag meine Stimme nicht. Sie mag nicht alleine in der Dunkelheit gelten, so wie ich nicht im Hellen alleine gelten mag. Einzelne Sätze lasse ich beim Vorlesen weg. Ich verstoße also gegen unsere Regeln. Ich weiß nicht, ob das die anderen nicht auch manchmal tun. Es ist das erste Mal, dass ich gegen unsere Spielregeln verstoße, und es hat mit dir zu tun.

Einmal. Einmal musste ich zum Psychiater. Ich war in der dritten Klasse. Man nannte das Spieltherapie. Ich weiß nicht mehr, ob meine Klassenlehrerin das meinem Papa empfohlen hatte oder ob er selbst auf die Idee gekommen war. Ich weiß auch nicht mehr, warum ich da hinmusste. Vielleicht wegen meiner Mutter, das kann sein. Der Psychiater war eine Frau, und ihr Zimmer sah aus wie ein Spielzeugladen. Da waren Playmobil-Figuren, Schleich-Tiere, kleine Autos, große Puppen, Barbies, Superhero-Figuren. Kleine Sammelfiguren aus Überraschungseiern. Plastikpferde. Die Plastikpferde hatten Mähnen aus Kunsthaar, und für die Plastikpferde gab es kleine Plastikbürsten, das fand ich toll. Immerzu bürstete ich den Pferden die Mähnen und diese Frau, die der Psychiater war, sagte nicht viel. Ich dachte mir, vielleicht weiß sie auch nicht, was ich da soll. Ein Pferd gefiel mir besonders, es war braun, aber es hatte weiße Flecken, und es war größer als die anderen Pferde. Als die Frau sich einmal wegdrehte, steckte ich es schnell in meinen Schulranzen.

Dann waren die fünf Minuten um. So was kann ich den beiden erzählen. Ein Satz, den ich weglasse, klingt eher so: Ich glaube, ich bin verliebt in unseren Lehrer.

Nachdem wir gelesen haben, ist Schweigen. Wir lassen dem Schweigen Zeit. Erst nach dem Schweigen liest der Nächste vor. Wir kommentieren nicht, wir stellen auch keine Fragen und wir sprechen erst später weiter. Wir bilden uns gerne ein, dass wir anders miteinander sprechen, danach.

«Es ist wie eine Tür zur Seele, die wir öffnen», sagt Ratte eines Abends, aber dann nimmt sie uns den Satz wieder weg, «also vielleicht nicht zur Seele, aber es ist schon ein bisschen wie beim Psychiater auf der Couch. Wenn wir so vorgelesen haben, ohne Zensur. Und dann miteinander reden.»

Paul und ich, wir antworten darauf nichts, das ist eine Seltenheit, die sich Ratte vielleicht merkt. Mit anderen Worten: Ich merke sie mir, und ich wünsche mir, dass Ratte sie sich ebenfalls merkt.

Ich lese vor, wir sprechen über meine Mutter.

«Beneidest du uns, weil wir Mütter haben?»

«Nein. Um eure doch nicht.»

«Aber wir haben Mütter.»

«Ich beneide euch aber nicht.»

«Und wenn du ganz ehrlich bist?»

«Bin ehrlich!»

«Alex!»

«Was?»

«Alex!» Sie sagen das gleichzeitig. Sie sagen es fordernd und zärtlich. Das können sie, beides zugleich. Ich wackle mit den Zehen. Das tue ich, um den Worten die Bedeutung zu nehmen, oder sie zu verstärken, und ich weiß nicht, was der Unterschied ist, und auch nicht, was Zehen mit Worten zu tun haben. Ich fange mit drei Wörtern an, sie gehen so: Ihr wisst nicht.

Ihr wisst nicht, wie es ist. Zu sehen, dass das für euch eine Selbstverständlichkeit ist – dass da eine Mutter ist. Eine, die einen in den Arm nimmt oder diese einfachen, unwichtigen Dinge macht wie Kochen. Ihr wisst nicht, wie es ist, wenn man so gerne schimpfen würde, aber nicht kann. Ihr schimpft immer, meine Mutter hat mir diesen hässlichen Pulli gekauft, und meine Mutter fragt mich schon wieder, wann ich heimkomme, und meine Mutter erlaubt mir nicht und so weiter. Ihr wisst nicht, dass ich die Welt dafür geben würde, einmal so schimpfen zu können. Oder dafür, einmal sagen zu können, das hat meine Mutter gebacken, für mich.

Da ist noch viel mehr «Ihr wisst nicht».

«Aber ich …», beginnt Ratte.

«Ratte, sag nichts», unterbricht Paul.

«Ich sag nichts», gehorcht Ratte. Ich wusste nicht, dass sie das kann: gehorchen.

Paul liest vor, und wir sprechen über seinen Bruder.

«Was hat er denn? Genau?»

Aber Paul schüttelt den Kopf.

«Und wie fühlt sich das an, für dich?»

Aber Paul schüttelt den Kopf.

«Glaubst du, deine Eltern ziehen ihn dir vor?»

Aber Paul schüttelt den Kopf.

«Gibst du dir manchmal die Schuld? Das habe ich mal gelesen, dass sich Kinder, die behinderte Geschwister haben, entweder benachteiligt oder schuldig fühlen.»

Aber Paul schüttelt den Kopf.

«Willst du gar nichts sagen?»

«Es gibt da nichts zu sagen. Das ist beim Schicksal eben so.»

Paul hat gesprochen.

Ratte liest vor, wir sprechen über ihren Vater, und wie er ihr eine Ohrfeige gab.

«Hasst du ihn?»

«Hättest du ihn gern tot?»

«Und was, wenn du sie von ihm geerbt hast, diese Seite? Die Gewalt?»

«Dann bringe ich mich um. Aber wirklich.»

«Tust du nicht. Davon würden wir dich schon irgendwie abhalten.»

«Danke.»

«Wie würdest du das überhaupt tun, dich umbringen?»

Es ist dunkel und es ist gut. Beim Sprechen nimmt einer von den beiden meine Hand. Ich habe vergessen, wer. Ich glaube, ich habe es damals schon nicht gewusst.

Ein Tag beginnt mit einem Wort, und die Tage, an denen wir dich haben, beginnen mit dem, was du an die Tafel schreibst. Tisch, Immer, Woche, Nicht, Sorge, Kuss, Niemand, Erde, Gewalt, Sehnsucht, Gleichgewicht, Kontakt. Kopf, Vergessen, Verpassen, Fremd. All die anderen Wörter des Tages, die vorangegangenen, die ausgesprochenen, gutenmorgen, magstdueinenkaffee, bringstduheutenachmittageinemilchmit, mannisteskaltheute, wannkommstdunachhause, ichbinsososomüde, diesescheißampel, hastdumathegemacht, hastdugesehen, hastdugehört, gibmalher, guckmalwassieunder, schaumaldieda haben keine Bedeutung. Ein Tag beginnt mit dem Wort, das du an die Tafel schreibst. Ich fange erst dann an zu denken. Zu fühlen aber habe ich seit Wochen nicht aufgehört.

Paul achtet auf die Sprache. Er erfindet neue Worte und kramt alte hervor, er setzt zusammen, was nicht zusammengehört: Alltagsphobikerin (über mich), Freiheitsbezwingerin (über Ratte). Er reißt auseinander, was siamesisch verbunden ist: In-Fragen-Denker (über sich). Seine Wortschaffungen flicht er in Sätze ein, ganz beiläufig, ohne mit ihnen um sich werfen zu müssen.

Das hat dir imponiert. Weil es dir imponiert hat, imponierte es uns. Vielleicht lag darin der Fehler. Wir hatten uns immer über Paul und seine Art zu sprechen lustig gemacht, Ratte und ich, und Ratte fügte hinzu: «Auf die liebevolle Weise, wir ärgern dich doch auf die liebevolle Weise, Paul!»

Worauf Paul antwortete: «Was ihr zwei so als Liebe bezeichnet!»

Du kommst herein, und wir werden still. Alle werden still, auch F. und D. und K. Es wird vielleicht etwas passieren. Die Schulstunden mit dir sind ein Vielleicht, und dafür sind wir gerne still. Bevor du dir heute einen Platz zwischen uns suchst, ziehst du etwas aus deiner Hosentasche, und dann läufst du durch den Gang, und du bleibst vor mir stehen. Du bleibst vor mir stehen, aber du blickst mich nicht an. Das Etwas legst du vor Paul.

«Hier, ich dachte, das könnte dir gefallen.»

Dann drehst du dich wieder um und läufst zur Tafel. «Länge», schreibst du an die Tafel. Wir holen unsere Stifte hervor. Vor Paul liegt ein zusammengefalteter Zettel.

«Was steht da?», flüstert Ratte über meinen Kopf hinweg.

«Fünf Minuten nur schreiben. Nicht reden», sagst du. Du sagst es, als wärest du unser Lehrer.

Erst nach den fünf Minuten faltet Paul den Zettel langsam auf. Er grinst. Du sprichst. Jemand antwortet. Paul faltet den Zettel wieder zusammen, und er blickt nicht zu uns.

«Was steht da?», flüstert Ratte über meinen Kopf hinweg.

Paul wirft ihr einen Blick zu, irgendwas zwischen herablassend und liebevoll, dann reicht er mir den Zettel. Ich falte ihn auf, und Ratte schaut mit drauf. Rindfleischetikettierungsüberwachungsaufgabenübertragungsgesetz.

Ratte zuckt mit den Schultern. Es ist eine Frage.

«Sag mal», sage ich später in der Pause. Dann strecke ich Paul meine Zigarettenpackung entgegen. Er nimmt sich eine. Er lächelt mich an. Ein Feuerzeug hat er selbst. Er zündet die Zigarette an.

Paul lächelt. «Na, frag schon.»

«Sag du einfach», faucht Ratte.

«Weil er weiß, dass ich zusammengesetzte Wörter mag. Und Worterfindungen. Und solche Sachen.»

«Solche Sachen!»

«Und woher weiß er das?»

«Habe ich ihm erzählt.»

«Hast du?»

«Ja.»

Paul lächelt, also tauschen Ratte und ich Blicke. Paul ist plötzlich so neu.

«Und wann?», fragt Ratte.

«Hab ihn zufällig am Samstag getroffen. In einer Ausstellung.»

«In einer Ausstellung?»

«An welchem Samstag?»

Ratte und ich tauschen Blicke.

«Da habt ihr euch ‹Homeland› reingezogen.»

Das stimmt. Die letzte Staffel.

Die Staffel war gut. Paul hatte dazukommen wollen, aber dann abgesagt. Wir hatten dann zu zweit angefangen. Und abends eine Pizza bestellt. Und mit Pizza weitergeschaut.

«Was für eine Ausstellung war das denn?»

«Rineke Dijkstra», sagt Paul. Er zieht an seiner Zigarette, bedeutungsvoll, und das ist eine Geste, die ihm nicht steht. Er ist immer noch Paul.

«Und die muss man kennen? Oder den?»

«Nein, muss man nicht. Ist eine die. Niederländerin. Ich fand das interessant. Die lässt Jugendliche, die sie irgendwo trifft, in Discos oder einfach auf der Straße, zu ihrer Lieblingsmusik tanzen.»

«Und dann?»

«Und dann filmt sie sie.»

«Und dann ist das Kunst?»

«Offensichtlich.»

Ratte und ich tauschen Blicke.

«Und er?»

«Herr Spitzing?»

«Wer denn sonst?»

«Der war auch da.»

«Und dann?»

«Dann haben wir uns unterhalten.»

«Worüber?»

«Über die Kunst.»

«Und über Worte auch.»

«Ja.»

«Und was sagte er so?»

«Verschiedene Dinge.»

«Paul!!!», empöre ich mich.

«Alex!», ahmt Paul mich nach.

Wir stehen so da. Paul drückt mit dem Schuh seine Zigarette aus. Er schaut auf den Boden. Aber mit Schüchternheit hat dieser Blick nichts zu tun.

«Welche Musik hättest du gewählt, wenn diese … wie hieß sie?»

«Rineke Dijkstra.»

«Diese Rineke dich gefragt hätte?», fragt Ratte. Ratte ist wie so ein Hirte: Die Schafe sollen sich mögen. Ich weiß nicht, ob die Metapher passt, und ich bin auch gar kein Schaf.

Pleased to meet you
Hope you guess my name
But what's puzzling you
Is the nature of my game
The Rolling Stones

ZWEI

Eines Tages, als wir das Klassenzimmer verlassen, mit langsamen Schritten, wie wir das Klassenzimmer immer verlassen nach einer Stunde mit dir, hältst du Paul an.

Die neue Zeitrechnung, die nach dir. Es war anders, wenn wir dein Klassenzimmer verließen: Eine andere Welt betreten. Die, in der die anderen Klassen, die anderen Schüler, die Lehrer sich wie diese Aufziehmännchen bewegten, an deren Seite man ein Rädchen dreht, um sie in Gang zu bringen, und dann vollführen sie immer dieselbe Bewegung: Sie summen und surren und sprechen und laufen und eilen und rennen vorbei, sie schauen jemandem in die Augen, schauen jemandem nicht in die Augen, den anderen hinterher, einfach nur drein. Wir hatten diese Arroganz, da wir gerade von dir kamen, da wir gerade das Leben diskutiert hatten, das Große und Ganze und alles, was dahintersteht, wir dachten und suhlten uns darin: Die glauben doch tatsächlich, sie leben. Während sie auf den Pausenhof, zum Kiosk, zu Freunden, aufs Klo und dann wieder zum Rauchen eilen. Sie leben in Pausen, deren ganzes Leben, als fände das Leben in Zwischenzeiten statt. Wir waren arrogant, nach dir.

Als wir jedenfalls an diesem einen Tag, lass es einen Dienstag sein, aus dem Klassenzimmer kommen, hältst du Paul an.

«Hey», sagst du.

Du sagst das nur zu Paul, aber Ratte und ich bleiben mit ihm stehen, und J. und S. und D. auch.

«Ja?», fragt Paul. Und er zieht an seiner Locke, etwas, das er in deiner Gegenwart sonst nicht mehr tut.

«Hast du Lust», fragst du, und wir spitzen alle die Ohren.

Du fragst Paul, ob er Lust hat, die Tracey-Emin-Ausstellung zu sehen, wer auch immer Tracey Emin ist, aber Paul weiß das natürlich. Du fragst mit Vorsicht. Paul hält kurz inne, bevor er bejaht, und du fragst eigentlich nicht, ob er sie mit dir sehen möchte, obwohl du das meinst, und niemand fragt, ob es nicht komisch ist, dass ein Referendar einen Schüler zu einer Ausstellung einlädt. Paul bejaht und sagt nur, ganz sachlich, ganz Paul: «Am Samstag vielleicht?»

Paul fragt nicht explizit nach uns, aber blickt in unsere Richtung, in Rattes und meine, und ich sehe, dass er lieber woanders hinschauen würde. Ich rede mit Paul, in Blicken. Aber Paul hört mir nicht zu. Also sehe ich zu dir. Aber du weißt nicht, wie das geht, mit Blicken reden.

«Samstag», sagt Ratte.

«Samstag klingt gut», sage ich.

Zwei ungeladene Gäste. Gästinnen, würde Paul jetzt sagen.

«Klar, nimm deine Löwinnen nur mit», erwidertest

du in deiner freundlichen Art, in der alles mitklingt, obwohl deine Stimme nichts anderes ist als genau das: freundlich. Du siehst Paul an, während du das sagst, nicht uns. Und ich denke, das ist es also, was man so nennt: Du würdigst uns keines Blickes.

Es spricht sich selbstverständlich in der Pause herum.

«Er hat euch eingeladen, echt?», fragt F., als wir uns zehn Minuten später im Physikraum wiederfinden. F. fragt, aber S. und T. und L. und K. und M. und N. und R. und D. und J. stehen daneben. Und lauschen.

«In eine Ausstellung?»

«Wer ist denn diese Tracey Sonst-Was?»

«Klingt wie Eminem.»

«Und, geht ihr hin?»

«Darf man das denn, also darf ein Referendar Schüler einladen?»

«So außerhalb der Schule?»

«Hat er nur euch drei? Echt? Und wann?»

Ich glaube, wir haben noch nie so lang miteinander geredet, sie und wir.

Nach Physik, in Physik habe ich nichts mitbekommen, laufe ich Paul hinterher.

«Wer ist denn diese Tracey Emin?»

Ich darf das. Ich darf das, Paul alles fragen. Paul ist mein allerbester Freund.

«Eine britische Künstlerin. Die macht so Konzeptkunst, aber sehr persönlich. Die wird dir gefallen.»

Ich weiß nicht, was ich antworten soll. Also schweige ich.

«Gefällt sie dir denn?», fragt Ratte. Klar fragt sie das. Ich laufe Paul hinterher, und Ratte läuft mir hinterher.

«Sie hat zum Beispiel mal so ein Zelt gemacht, auf das sie die Namen von allen draufgeschrieben hat, mit denen sie jemals geschlafen hat», erklärt Paul.

«Klingt gut», sage ich.

«Das will ich auch mal machen», sagt Ratte.

«Das wäre dann aber keine Kunst mehr, weil, sie hat es ja schon mal gemacht. Bei dir wäre es nur ein Zelt mit einer Ansammlung von Namen», sage ich.

«Und bei dir würde kein einziger Name draufstehen. Bei dir wäre es nur ein Zelt», sagt Ratte.

Paul sagt nichts.

Wir sprechen dann nicht mehr viel, außer so Dinge von Unbedeutung: Die Chemienoten, und wer eine Cola möchte, und dass niemand von uns heute Lust hat auf Sport, und dass es echt pisst da draußen, scheiße. Wir sprechen nicht über Samstag. Auch nicht über uns. Wenn man Paul ärgert, fällt er ins Schweigen hinein. Einmal fragte ich ihn, wie das aussieht, das, wo er hineinfällt, ist das ein Graben, ein Abgrund oder ein schwarzes Loch, aber Paul war noch im Fallen und antwortete also nicht. Später vergaß ich, noch einmal zu fragen. Das wüsste ich gerne, jetzt.

Abends steht Ratte vor meinem Fenster. Ratte steht meistens vor Fenstern und selten vor Türen. Das macht sie gern. An manchen Tagen liebe ich das. An anderen finde ich es billig, und sage ihr das auch so.

«Du mit deinen billigen Auftritten, Ratte. Das hast du doch gar nicht nötig.»

Sie antwortet nicht darauf. Ich glaube, sie weiß nicht, was sie antworten soll.

«Hey.»

«Hey.»

Wir können schweigen, ganz lang. Sie auf der einen Seite des Fensters, ich auf der anderen. Wir können miteinander schweigen. Manchmal ist das Schweigen eine Bitte, manchmal ist es eine Frage, machst du, willst du, und meist ist sie ein Traust-du-dich.

Heute ist das Schweigen unangenehm.

«Hast du was von ihm gehört?»

«Nee.»

«Ich auch nicht.»

Schweigen.

«Sag mal, meinst du, er wollte das, uns da mitnehmen? Zu Tracey Emin?»

«Ich glaub eher nicht.»

«Ja, das glaube ich irgendwie auch.»

Ratte trägt ihre rote Wollmütze, so kalt ist es heute. Aber es regnet nicht mehr.

«Sollten wir vielleicht ...»

«... zu ihm gehen?»

«Und dann? Ich will es nicht zurücknehmen. Ich will da mit.»

«Oder uns entschuldigen. Für die Art.»

«Ihm zumindest sagen, dass wir uns da reingedrängelt haben. Dass wir das wissen und so.»

«Jetzt gleich?»

Pauls Familie wohnt, wie gesagt, in einem Mehrfamilienhaus, und zwar im zweiten Stock. Man kann also nicht an sein Fenster gehen und klopfen. Außer Ratte. Die kann das, und vielleicht kann sie das auch nicht.

Was Ratte so gar nicht kann, ist zugeben, dass sie etwas nicht kann. Wir gehen um das Haus herum und wir finden eine Feuerleiter.

«Da kommst du nicht rein», sage ich zu Ratte, «weil unten an der Leiter ein Gitter ist. Also da kommst du nicht rauf, meine ich. Jedenfalls nicht hoch.»

Ratte klingelt, nimmt die Treppe. Im ersten Stock steht eine ältere Dame in der Tür. Dame, weil sie so aussieht: Ihre Haare sind hochgeföhnt. Hinten ein Dutt, oder wie man das nennt. Sie hat eine Lederhose an, als wolle sie gleich zum Reiten. Über der Lederhose eine hellblaue Bluse. Ich muss an Adel denken, obwohl der nicht zum Mehrfamilienhaus passt. Zum Mehrfamilienhaus passt die Sitzbank, die am Esstisch in Pauls Wohnung steht. Und die weißen Sitzkissen mit den roten Punkten. Der Hund neben der Dame ist ein brauner Setter. Ich bin mir sicher, die Dame hat keine Kinder, aber die Kinder, die sie nicht hat, tragen weiße Polohemden und kleckern niemals beim Essen. Ratte lächelt ihr charmantes Lächeln.

Was Ratte kann: Lächeln hervorkramen wie andere das passende Tuch zur Jacke.

«Entschuldigen Sie bitte vielmals die Störung.»

«Ja?»

«Wir haben eine ganz außergewöhnliche Frage. Sie dürfen sich jetzt nicht wundern bitte.»

«Ja?»

«Könnten wir vielleicht auf Ihren Balkon? Unser Freund, Paul Heinrichs, der wohnt direkt über Ihnen, Sie kennen die Familie Heinrichs bestimmt. Paul ist unser Freund, und heute haben wir Paul etwas verärgert, und jetzt wollen wir ihn überraschen, statt einfach zu klingeln. Und wir würden wahnsinnig gerne von Ihrem Balkon auf die Feuerleiter und hochklettern, direkt vor sein Fenster.»

«Ihr wollt über meinen Balkon auf die Feuerleiter?»

«Ja.»

«Aber das ist verboten.»

So sieht diese Dame aus, wie eine, die in einer Welt von Verboten lebt.

Ratte ist eine, die in einer Welt mit nur einem Gebot lebt: dem, Verbote zu brechen.

«Okay.» Ratte macht eine Pause. «Okay. Ich verstehe, dass es komisch ist, wenn zwei so Mädchen, und eine davon mit Rastalocken, abends um acht an Ihrer Tür klingeln, und Sie haben beide noch nie gesehen, und die bitten Sie, sie in Ihre Wohnung zu lassen, und auf Ihren Balkon, und etwas zu tun, was in Ihren Augen offensichtlich gefährlich erscheint. Das verstehe ich. Total. Aber Sie waren doch auch mal jung. Und Sie hatten Freunde. Und diese Probleme, die sich anfühlen, als wären sie die einzig wichtigen der Welt. Es ist so: Unser Freund kann uns heute nicht besonders gut leiden, und das heißt, wir können nicht einfach nach Hause und schlafen gehen und sagen, morgen ist ein anderer Tag. Und wir können nicht bei ihm klingeln. Einfach klingeln geht nicht, weil wir ihm zeigen müssen, dass das hier mehr ist als nur so eine einfache Entschuldigung. Also wissen Sie, für Sie sind wir zwei Mädchen, die Sie an Ihrem Abend stören, aber für uns geht es um Leben und Tod. Oder zumindest um Freundschaft. Verstehen Sie? Sie müssen uns durchlassen. Bitte.»

Ich stehe ein paar Zentimeter hinter Ratte, also sehe ich ihr Gesicht nicht, und ich sehe nicht, ob sie irgendwas macht mit ihrem Gesicht, lächeln oder lachen oder so einen Augenaufschlag. Ich sehe hingegen: Die Dame macht einen Schritt zur Seite. Und die Tür ein Stückchen weiter auf, so können wir herein.

Ich denke, später wird Ratte vielleicht Reden schreiben. Für einen Präsidenten oder so. Aber nur für einen guten.

«Ich glaube, ich mag keine Höhe», sage ich, während ich die Feuerleiter hinaufkraxele.

«Ja, geht mir auch so. Nennt man Höhenangst», sagt Ratte.

Von der Feuerleiter klettern wir dann auf Pauls Balkon. Durch die Balkontür: Pauls Mutter, die vor dem Fernseher sitzt.

Pauls Mutter ist stets geblümt gekleidet, aber sie sagt beblümt dazu und zupft dabei an ihren Kleidern herum, sie weiß nicht, dass das falsch ist, beblümt zu sagen, oder sie findet sich dabei originell, das ist eigentlich noch schlimmer. Ich glaube, sie mag nicht, dass ich immer nur schwarze Klamotten trage, und Paul sagt, vor Rattes Rastas hat sie Angst. Sie sagt Nina zu Ratte. Natürlich tut sie das.

Pauls Mutter sitzt allein. Im Fernseher redet eine blonde Frau auf einen Mann im Anzug ein. Wir verstehen kein Wort, sehen aber die Liebeserklärung. Die Frau im Fernsehen leidet, weil der Mann sie nicht will. Das ist beinahe wie im echten Leben. Das ist die Art von Film, die sich Pauls Mutter anschaut, während sie da sitzt, allein. Wir schauen uns an. Ratte klopft ans Fenster.

Pauls Mutter springt auf, vielleicht schreit sie auch auf, aber das hören wir durch das Fenster nicht. Sie eilt zur Balkontür, als müsste sie uns retten, und sie trägt dieses geblümte Kleid. Ich weiß nicht, ob es die Anspannung ist, die da von mir weicht, oder nur dieser Anblick, jedenfalls fange ich an zu lachen.

«Psst!», sagt Ratte.

«Was denn?»

«Siehst du doch, die Frau ist nervös. Vermutlich tauchen nicht jeden Tag Menschen auf ihrem Balkon auf.»

«Menschen!», wiederhole ich, da geht die Balkontür auf.

«Mädchen, Mädchen, was macht ihr beiden denn hier? Wie, um Himmels willen, kommt ihr auf unseren Balkon?»

«Guten Abend! Wir wollen zu Paul.»

«Zu Paul?»

«Ja.»

«Aber warum steht ihr denn hier auf dem Balkon? Wie seid ihr denn hier hochgekommen?»

«Über die Feuerleiter.»

«Aber warum?»

«Weil wir ihn überraschen wollten.»

«Aber warum?»

Paul betritt das Zimmer. Ich höre ihn, bevor ich ihn sehe.

Dann sieht er uns.

«Hey.»

Für dieses Hey muss man Paul lieben.

«Hey.»

«Hey.»

«Wollt ihr nicht reinkommen?»

Das ist jetzt seine Mutter.

«Ja, wollt ihr nicht reinkommen?»

Ich glaube, Pauls Tonfall in diesem Moment nennt man süffisant.

Dann stehen wir zu viert im Wohnzimmer herum wie Playmobil-Figuren, die ein Kind aufgebaut hat in einem Playmobil-Haus. So sieht es bei Pauls Familie auch aus: ein Puppenhaus. Das Wohnzimmer ist halb Wohn-, halb Esszimmer, und auf der Sitzbank liegen die gepunkteten Kissen. Auf dem Esstisch eine Schale mit Obst: Äpfel, Birnen, Bananen. Bei uns isst Paul am liebsten Mango. Mir fällt ein, dass ich noch nie eine Playmobil-Figur mit Rastalocken gesehen habe.

Pauls Mutter sagt, als hätte sie endlich etwas gefunden, was man in dieser Situation gut sagen kann: «Darf ich euch etwas anbieten? Etwas zu trinken, einen Apfelsaft vielleicht?»

Paul fährt dazwischen: «Ich glaube nicht, dass die beiden länger bleiben wollten, Mama.»

Im Fernsehen schreit jemand, eine Frau, und ich weiß nicht, ob es die Blonde ist von vorhin, weil ich jetzt mit dem Rücken zum Fernseher stehe: «Aber du hast mich nie gefragt, du hast mich nie gefragt, was ich will!»

Das passt so unangenehm gut in diese Situation.

«Na kommt», sagt Paul, und wir folgen ihm, aber er führt uns nicht wie sonst in sein Zimmer, sondern hält im Flur an. Also stehen wir im Flur. Zu dritt. Paul, Ratte und ich.

«Wegen heute Morgen …», sagt Ratte.

«Es tut uns leid …», sage ich.

Aber es tut uns nicht leid, also mir tut es nicht leid, und Paul weiß das, und er weiß, dass wir wissen, dass er weiß, und so weiter. Immer schön im Kreis herum, und wissen, dass der Kreis ein Teufelskreis ist.

«Falls wir uns aufgedrängt haben …», sagt Ratte. Sie reicht ihm sozusagen die Hand.

«Wir machen ja auch sonst alles zusammen …», sage ich, aber das klingt komisch, irgendwie nach emotionaler Erpressung, obwohl wir so nicht sind. Wir sind gerne zusammen. Wir können nicht ohneeinander sein. Deshalb füge ich hinzu: «… irgendwie.»

Manchmal ist da diese Nähe zwischen uns. Die Nähe

bedarf keiner Worte. Ich spüre sie dann, sogar in den Füßen, und ich weiß dann nicht, wie ich sie in Worte fassen sollte, was soll ich denn sagen, ich habe euch lieb? Ihr seid meine Freunde, die einzigen auf der Welt? Manchmal fahre ich Paul dann durch die strubbeligen Haare und meine Hand bleibt in seinen Haaren stecken, und das ist, als hielte er mich damit fest. Oder ich lehne meinen Kopf an Rattes Schulter, und das ist beinahe ein Wort.

Jetzt ist Schweigen zwischen uns, und Paul fällt da mal wieder hinein. Das Schweigen ist kein Gutes, es erzählt nichts. Es stellt die Einsamkeit in die Mitte des Raums.

«Er hat nur dich eingeladen, und wir hätten dich fragen sollen, ob dir das recht ist, dass wir mitkommen.»

«Aber wir haben nicht nachgedacht.»

«Ist schon okay», sagt Paul.

«Wir machen ja auch sonst immer alles zusammen», wiederholt Paul meine Worte.

Paul nickt. Paul lächelt. Paul lächelt anders als sonst. Oder ich bilde mir das nur ein. Ich bilde mir viel ein in letzter Zeit.

«Okay», sagt Ratte.

«Okay», sage ich.

«Okay», sagt Paul.

Wir gehen dann, wir gehen langsam Richtung Wohnungstür, und kurz bevor wir die Wohnung verlassen, dreht sich Ratte, die vor mir herläuft, noch einmal um, und lächelt Paul an. Ihr ehrliches Lächeln.

«Sind wir wirklich okay? Wir drei?»

«Ja.»

Ratte und ich laufen dann schweigend die Treppe hinunter, und Ratte fährt mich mit dem Mofa nach Hause. Sie winkt mir zum Abschied, und ich winke – was ist das Gegenteil von enthusiastisch – zurück.

Ich glaube, das ist der Ursprung dieser Geschichte: Wir haben Paul aufgegeben, um dich haben zu können, und wir haben das mit voller Absicht getan. Und ich fing an, das Ich mit einem Wir zu verwechseln, um mich besser zu fühlen. Ich lud die Schuld in ein dreibuchstabiges Wir.

Ich trage nur schwarze Sachen. Ich besitze nur eine Hose, von der Ratte sagt, sie sei dunkellila. Womit sie unrecht hat. Wir können uns ewig über solche Dinge streiten, Ratte und ich.

«Die ist doch nicht schwarz!»

«Klar, ist sie das!»

«Die ist dunkellila! Bist du farbenblind, oder was?»

«Nee, aber du offensichtlich. Das ist Schwarz. Reines Schwarz.»

«Halt doch mal was Schwarzes daneben, damit du den Unterschied siehst!»

So geht das weiter, bis Paul dem Ganzen ein Ende setzt, der keine Geduld hat für Diskussionen dieser Art: «Was macht es denn für einen Unterschied, ob diese Hose schwarz oder dunkellila ist?» Paul lässt sich von uns nicht in solche Diskussionen hineinziehen, auch wenn wir uns noch so viel Mühe geben.

«Es macht einen Unterschied, es geht ums Prinzip.»

«Und um das Recht!»

«Du könntest Schiedsrichter sein!»

«Ihr seid Kindsköpfe, alle beide! Mir ist meine Lebenszeit für Diskussionen dieser Art zu schade.»

Dann steckt Ratte mir die Zunge heraus und flüstert noch hinterher wie ein trotziges Kind:

«Dunkellila!»

Und ich flüsterte selbstverständlich zurück: «Schwarz!»

Paul kann unnachgiebig sein, aber später war er es nicht, oder er war es an der falschen Stelle, und auch das hat uns in die Bredouille geritten, in dieses Ding hinein, wo wir jetzt sind. Wobei, eigentlich bin ich hier allein. Ich habe uns in die Bredouille geritten, aber ich gebe Paul die Schuld. Vorsichtig.

Es ist das erste Mal, dass wir dich außerhalb der Schule treffen. Wir sind aufgeregt. Wir wollen. Wollen wir jetzt schon zu viel?

An dem Samstag, an dem wir dich zum ersten Mal außerhalb der Schule treffen, trage ich eine schwarze Cordhose. Und ein schwarzes Sweatshirt dazu. Auf dem Sweatshirt steht «dreamer», in weißen Buchstaben. Draußen regnet es, so ein Wetter, über das man sagt, den Hund nicht vor die Tür jagen, und mein Papa fragt: «Wo willst du denn hin, mit dem Fahrrad? Bei diesem Wetter?»

Ich habe mir die Wimpern getuscht. Ich mache das wirklich nur selten, das mit dem Schminken. Ich weiß nicht, wieso und für wen, und ehrlich gesagt, weiß ich auch nicht genau, wie. Ich habe lange, schöne Haare. Ich habe Augen, von denen Paul sagt, dass sie reden können. Paul mag Lyrik. Paul mag Mädchen, aber kein bestimmtes. Eines Tages findet Paul ein Mädchen, das auch Lyrik mag und auch solche Sätze, und dann ist er nicht mehr unser Paul. Davor habe ich Angst. Ich habe mit dem Finger Lidschatten aufgetragen. Ich hasse es, wie sich diese kleinen Pinsel aus Schaumstoff auf den Augen anfühlen. Dann habe ich den Lidschatten doch wieder weggewischt. Hauptsächlich, weil das nicht nach mir aussah. Uneben aufgetragen sah es auch aus. Ich habe mich wie ein Mädchen gefühlt.

«In eine Ausstellung.»

«In eine Ausstellung?»

«Ja. Mit Ratte und Paul.»

Dich erwähne ich nicht.

Ich küsse Paul auf die Wange zur Begrüßung. Eindeutig eine Übersprungshandlung, das tue ich sonst nicht. Ich muss mich dafür auf die Zehenspitzen stellen. Ich bin groß, aber Paul ist größer. Wie wir dich begrüßen sollen, wissen wir nicht. Du bist schließlich immer noch unser Lehrer. Referendar, sagen wir uns, das fühlt sich besser an. Später an jenem Samstag wurdest du ein Mensch, aber wir sagten lieber: Du wurdest ein Freund. Vielleicht sagten wir das auch nicht, aber wir verhielten uns so.

«Hi», sagst du.

«Hi», sagen wir. Am Anfang ist das so: Wir agieren als ein kollektives Ich. Es fällt dir auf, und du grinst.

«Sprecht ihr immer im Chor? Ist das komisch für euch? Dass wir uns hier außerhalb der Schule treffen? Dass ich euer Lehrer bin, oder zumindest ein Referendar?»

Du grinst, immer noch.

«Ich bin übrigens Daniel.»

Wir sagen nichts.

«Okay, ihr könnt mich auch ganz anders nennen. Wenn es einfacher ist. Vielleicht ist das für uns alle besser. Ein ganz anderer Name», schlägst du vor. «Lasst euch einfach einen einfallen. Ich nehm' jeden.»

Wir nennen dich Johnny.

«Nach Johnny Cash», sagt Ratte.

«Oder Johnny Depp», sage ich.

«Oder Johnny O'Keefe», sagst du.

«Wer ist denn das?», fragt Ratte.

Also nennen wir dich Johnny.

Further on up the road
Further on up the road
Where the way is dark and the night is cold
One sunny mornin' we'll rise I know
And I'll meet you further on up the road.
Johnny Cash

Well I'm just outa school
Like I'm real real cool
Gotta shake, gotta jive
Got the message that I gotta be alive

I'm a wild one
Ooh yeah, I'm a wild one
Johnny O'Keefe

Mein Name ist Alex. Das ist die Abkürzung von Alexandra. Die Geschichte meines Namens geht so: Meine Mutter mochte den Namen und sie starb. Das eine hat mit dem anderen nichts zu tun, aber Letzteres macht Ersteres interessanter. Du warst der Erste, der die lange Version meines Namens so aussprach, dass es schön klang. Sonst klingt diese lange Version immer altertümlich. Du sagtest: «Das ist so ein schöner Name, dein Name.» Und du zogst ihn in die Länge, du sagtest A-lE-xA-ndrA. Und sprachst das A irgendwie anders aus. Ich weiß nicht, warum, aber es war dann irgendwie einfach. Vielleicht, weil du einfach warst.

Paul betritt die Ausstellung als Erster. Ich laufe ihm hinterher. Das hält nicht lange an. Du redest mit Ratte. Ich weiß nicht, was du sagst, aber sie antwortet: «Siehst du das nur so, oder hast du das irgendwo gelesen?» Ich weiß nicht, worum es geht, aber sie sagt du, und das Du klingt lauter als der Rest. Bei Ratte wirkt alles immer so selbstverständlich.

«Ähm ...», sagt Paul zu dir, aber du stehst vor einer Skulptur und hörst nicht hin, oder willst ihn nicht hören.

«Schauen Sie mal ...», beginnt Paul.

«Johnny», sagst du. «Johnny und du, bitte. Wir müssen uns alle daran gewöhnen», sagst du. «Ist auch das erste Mal, dass ich Schüler außerhalb der Schule treffe», sagst du. «Andererseits ist auch das erste Mal, dass ich Referendar bin.»

«Du wirst dich schon noch an das Du und den Namen gewöhnen, Johnny», erwidert Paul.

Er zeigt dir ein Bild. Ihr seid gleich groß, ungefähr. Ihr tragt beide Jeans und Sneakers und Hoodies. Er ist blond, du bist dunkelhaarig. Ich bin mir nicht sicher, ob man den Altersunterschied sieht.

Ratte stupst mich an und zeigt mir diese Stickerei von einer nackten, masturbierenden Frau, aus deren Vagina Münzen fallen. Die Münzen hat die Künstlerin auf das Tuch geklebt. Ich weiß nicht, warum.

Wir sprechen nicht viel, während wir so durch die Ausstellung laufen. Erst am Schluss fragst du dann: «Was hat euch denn am besten gefallen?» Aber du fragst nicht nach dem Warum. Wir laufen zurück und zeigen es dir. Ratte führt uns noch mal zu der Stickerei dieser nackten Frau mit den Münzen, die aus der Vagina regnen, und ich deute auf eine Neon-Leuchtschrift: «Trust yourself».

Du zeigst uns eine Zeichnung. Auf der Zeichnung ist eine Frau, die in einem Stuhl sitzt, nackt. Tracey Emin hat nur nackte Frauen auf ihren Bildern, und ich denke, all diese nackten Frauen sind sie. Sie sind nicht schön, aber stark. Sie sind so, wie ich mich nicht traue zu sein. Die Frau auf der Zeichnung, die du uns zeigst, spreizt ihre Beine und lässt ihren Oberkörper hängen, nach vorne gebeugt, kraftlos, der Busen hängt, man sieht ihre Haare, aber nicht ihr Gesicht.

Wir bleiben vor dieser Zeichnung stehen. Paul fragt: «Und warum?»

«Sie ist ehrlich.»

Ich weiß nicht mehr, was Paul uns gezeigt hat. Was sein Lieblingskunstwerk war, und ob er überhaupt eins hatte, aber ich weiß noch, warum das so war. Man sagt, nur noch Augen für jemanden haben, aber ich wende meine Augen permanent von dir ab, damit du nichts merkst. Im Museumsshop kaufe ich eine Postkarte mit einer anderen Leuchtschrift, weil es meine als Postkarte nicht gibt.

Es ist so ein einfacher Tag. Morgens hat es geregnet, aber als wir aus dem Museum kommen, hat es aufgehört.

Ratte ist schnell, aber Paul ist schneller. Ich bin langsam, und du bist unsicher, heute.

«Also …», sagst du, da stehen wir vor dem Museum.

«Wollen wir vielleicht …», beginnt Ratte.

«Drüben gibt es guten Kaffee», sagt Paul. «Es ist nicht schön zum Drinsitzen, aber wir holen uns einfach Coffee to go.»

Ich bin langsam, deshalb sage ich nichts, und du nickst unsicher, heute.

Wir holen uns Kaffee in Pappbechern und Sandwichs und Muffins und gehen damit an den Fluss. Wir setzen uns auf unsere Regenjacken.

«Der letzte schöne Herbsttag», sagst du.

«Hey Johnny», sage ich. Einfach wegen des Namens.

«Was denn?»

«Ach nichts. Ich mag nur deinen neuen Namen.»

«Ja, ich mag ihn auch. Ich gewöhne mich langsam daran.»

Ratte erzählt dir von ihrer Namenstheorie. Dass uns ein wichtiges Recht aberkannt wird, weil wir uns die Namen nicht selbst aussuchen dürfen. Ich glaube, sie verwendet sogar das Wort Menschenwürde. Die Theorie scheint dir zu gefallen.

Ich lasse meine Sneakers im Herbstlaub rascheln, die Blätter sind braun, verschrumpelt. Paul wirft Kieselsteinchen ins Wasser. Ich betrachte meine schwarzen Schuhe im braunen Laub und verbrenne mir beim ersten Schluck die Zunge am Kaffee.

«Aua!»

«Was denn, schon wieder die Zunge verbrannt?» Ratte hat recht, das passiert mir öfter.

Wir sprechen über Tracey Emin, und was Kunst zu Kunst macht, und ob eine Idee deshalb schon Kunst ist, weil sie etwas Neues darstellt, und ob ein Name, also der richtige Name, ausreicht, um etwas zu Kunst zu machen. Ob alles, was Andy Warhol macht, Kunst ist, weil er Andy Warhol ist.

«Wenn Andy Warhol zum Beispiel einfach ein …», und du schaust dich um, «ein Herbstblatt genommen hätte und es irgendwo hingelegt und es Globalisierungsangst genannt hätte, ist das dann Kunst?»

Ich bin mir nicht ganz sicher, ob Andy Warhol noch lebt, also versuche ich, meine Sätze so zu formulieren, dass man das nicht merkt. «Andy Warhol ist sozusagen Kunst himself», sage ich.

Paul stapelt große flache Steine aufeinander. Irgendwann zieht Ratte eine Streichholzschachtel hervor, und beide legen behutsam die Streichhölzer um die Steine herum, zwischen die Steine und auf die Steine drauf. Sie nehmen sich Zeit für eine ausführliche Unterhaltung darüber, ob ein Streichholz, das auf dem obersten Stein liegt, eine zu große Aussage ist, und ob Kunst nicht sozusagen zwischen den Zeilen wirken müsse. Du springst auf, läufst dann aber betont langsam über die Wiese, als würdest du etwas Bestimmtes suchen. Du kommst mit einem einfachen Grashalm zurück und sagst, der steht jetzt wirklich für Globalisierung, und legst ihn zu den Steinen und den Streichhölzern dazu. Ich bleibe sitzen, schweige und schaue euch zu. Ich lache und bin glücklich, und du erklärst mich irgendwann zu einem Teil des Kunstwerks.

«Habe ich jetzt eine Blitzkarriere gemacht in der Kunstwelt oder ist das eine Degradierung?», will ich wissen.

Ihr empört euch und Ratte sagt: «Dafür könnte man dich glatt wieder raushauen aus dem Kunstwerk.»

«Bitte nicht. Bitte nicht», bettle ich. «Ich fühle mich geehrt.»

Das Kunstwerk nennen wir dann nach langen Diskussionen «Ohne Hohn ohne Ton ohne Ohne». Das war Pauls Vorschlag. In die engere Auswahl waren auch gekommen: «Das Ende der Zeit», «Die nicht gestellte Frage», «Endglobalisierung», «Lustvolles Schweinegelaber und «GRZMTK», wofür Ratte eine Dechiffrierung zu finden versucht. Das Beste, was ihr einfällt: Großer rosafarbener zentnerschwerer morbider trockener King Kong.

«Das wäre dann aber GRZMTKK», sagt Paul.

«Das ist gut, ohne Hohn ohne Ton ohne Ohne. Das gefällt mir», sagst du.

«Das ist eine Assonanz.» Paul versucht sich mal wieder an klugen Sätzen. Das ist ein Fehler. Für einen Moment steht das irgendwie im Raum: dass du unser Lehrer bist. Du bringst uns im Unterricht Stilmittel bei. Von dir wissen wir, was eine Assonanz ist. Das hatten wir vergessen. Wir waren einfach nur gewesen, in diesem Moment, und wir hatten nichts anderes sein müssen als wir selbst. Freunde, Menschen, schlechte Künstler. Wir waren frei gewesen, das reicht.

Der Moment geht dann vorüber.

«Okay, was ist unser nächstes Kunstprojekt?», fragt Ratte. Wir lachen dann jedenfalls wieder, und wir können wieder sein.

Es ist schon dunkel, als wir wieder auf unsere Räder steigen. Wir haben dir erklärt, wie wir das mit dem Nach-Hause-Fahren machen: Wir bringen einander immer heim. Immer ist ein anderer derjenige, der am Schluss alleine fährt. Heute bringen wir erst Ratte heim, dann begleitet Paul mich, dann radelt er allein zu sich.

«Und ich?», fragst du.

«Du bist neu», sagt Paul.

«Dich würden wir also zuerst bringen.»

Paul sagt das, und Ratte guckt mich an, und dann zwinkert sie mir zu, aber sie zwinkert ein paar Sekunden zu spät.

«Neu?», fragst du.

«Neu», sagt Paul. «Neu bei uns.»

«Und das habt ihr jetzt so entschieden?»

«Ja.»

Paul blickt dir in die Augen, und ich frage mich plötzlich, weil ich das nicht mehr weiß: ob Paul uns auch manchmal so in die Augen blickt, oder mir.

«Ihr müsst mich nicht bringen.»

«Müssen wir nicht. Würden wir aber tun. Weil wir so nett sind. Sieht man uns nicht an, aber wir sind so. Wir sind die Guten.»

Du radelst vor, dann Paul, dann Ratte, dann ich. Ratte hat Kopfhörer in den Ohren. Du gibst Gas. Wir treten in die Pedale.

Vor einem großen, gelben Altbau hältst du an.

«Hier», sagst du, und mehr gibt es irgendwie nicht zu sagen. Wir stehen nebeneinander, wie vor dir aufgereiht, und halten uns an unseren Fahrrädern fest. Du stellst deins ab und umarmst uns wortlos. Es fühlt sich nicht komisch an. Erst Ratte, dann mich, dann Paul. Das ist die Reihenfolge, und sie hat keine Bedeutung für dich.

Du gehst ins Haus.

Zu Hause pinne ich die Postkarte über mein Bett.

«People like you need to fuck people like me.»

Am Montag in der Schule sind die Dinge wie immer. Wir sitzen an unseren Plätzen. Du kommst herein. Alle räumen ihre Handys und ihr Essen weg. Ich drehe einen Stift in der Hand. Du guckst uns nicht an, oder du guckst uns an, aber ganz normal, wir sind drei Schüler. Die eine trägt Schwarz, die andere hat Rastas, und der Dritte ist Paul. Du schreibst ein Wort an die Tafel. Dann setzt du dich neben K. Neben K. sitzt sonst T., aber der ist krank. Oder schwänzt. Wir nehmen unsere Stifte in die Hand und schreiben fünf Minuten lang drauflos. Du schreibst auch. Das Wort an der Tafel lautet heute: Kunst.

Ein paar Tage später ist mir nach Spielen zumute. Es ist ein Ich-muss-mal-wieder-spielen-Gefühl. Das Gefühl geht durch den ganzen Körper. Ich glaube, bis in die Haare.

Es ist der Abend nach einem Tag, der für dich wahrscheinlich keine Bedeutung hatte. Erinnerst du dich? Wir hatten miteinander gesprochen, am Nachmittag dieses Tages, aber du erinnerst dich nicht; du und ich. Es war warm, so erstaunlich warm für November, fast wärmer, als es im September gewesen war, wir sprachen über das Wetter, deshalb erinnerst du dich nicht. Wir trafen uns zufällig vor der Schule, du wolltest los, ich auch. Du schlosst dein Fahrrad auf, und ich blieb neben dir stehen, und unser Dialog war kurz. Dein Fahrradschloss ist eines mit Schlüssel. Es ist schwarz. Deine Jacke ist grün. Wir sprachen miteinander, aber hätte dich später einer danach gefragt, hättest du nur gleichgültig mit den Schultern gezuckt. Es war so warm für November. Ich hatte dich nicht Johnny genannt. Ich hatte dich gar nicht genannt.

Wir hatten jedenfalls miteinander gesprochen, an diesem einen Tag, und das reichte mir aus, um gut drauf zu sein, um Gedanken beiseiteschieben zu wollen, um zu wollen, irgendwas mit Lebendigkeit. Ich hätte gerne einen Stein genommen und ein Fenster zerschmissen, ich hätte gerne E-Gitarre gespielt und wäre gern von irgendwo in irgendwas hineingesprungen.

«Kommt ihr? Wodka, Garten und wir. Den letzten warmen Abend des Jahres genießen, spielen und Sterne, wir pfeifen auf die Jahreszeiten und auf den Rest.»

Das Profilbild unserer WhatsApp-Gruppe ist ein Affe mit drei Köpfen, der in Einsteins Haaren sitzt. Ich weiß nicht mehr, wer von uns das Bild hochgeladen hat, und ich weiß auch nicht mehr, warum ich es mochte.

Die beiden kommen, Paul zuerst. Er mit dem Fahrrad, Ratte mit dem Mofa. Für den Wodka ist Paul zuständig, schon immer, er hat den billigen Gorbatschow dabei, und ich hole Tonic Water aus der Küche. Ich nehme auch Chips und Salzbrezeln mit raus, und als ich zurück in den Garten komme, ist Ratte da. Sie hat Muffins dabei, von ihrer Mutter gebacken. Außen Schokolade, und innen hat sie diese Kokoskugeln beim Backen schmelzen lassen. Rattes Mutter macht solche Sachen für ihren kleinen Bruder. Ich sage mir das, um meine Mutter zu vermissen. Ratte profitiert von dieser Mutterliebe aus zweiter Hand, wir aus dritter. Ihre Mutter lässt immerzu irgendwas in Muffins zerschmelzen, ein bescheuertes Konzept, aber es schmeckt phantastisch. Ihre Gemüsemuffins hingegen – aus Kartoffeln, Zucchini und Karotten – schmecken mir gar nicht, und Ratte sagt, das ist, weil ich keine Mutter habe und eifersüchtig bin. Sie sagt, das sagst du doch nur, weil du auch gern eine Mutter hättest, die für dich Gemüse in Muffins versteckt. So was sagen wir uns, und das liebe ich, an Ratte und Paul und mir und an uns dreien. Das ist, was ich an meinem Leben liebe. Das war, bevor ich dich liebte.

Über mich sagt man, ich habe meine Mutter verloren, aber das stimmt nicht. Eine Mutter verliert man nicht. Sie fällt einem nicht aus der Tasche, und man vergisst sie auch nicht irgendwo unterwegs. Sie stirbt, und manchmal stirbt sie einem davon.

Wenn es Ratte zu Hause mal wieder reicht, kommt sie zu mir. Sie bringt einen Schlafsack mit und eine Isomatte, und sie schläft auch im Oktober noch draußen im Garten. Sie liebt die Sterne, sie kennt alle Konstellationen, möchte aber nicht Astronomin werden. Es reicht ihr oft zu Hause, so sagte sie es: Mir reicht es. Mein Papa und ich wiederholen beide immer wieder, du kannst doch auch im Haus, auf einer richtigen Matratze, mit so vielen Decken, wie du willst, und mach es dir gemütlich, du bist immer, wirklich immer herzlich willkommen. Aber Ratte lacht. Sie lacht, und ich bin mir nicht sicher, ob sie uns vielleicht nicht auch ein bisschen auslacht. Sie isst und guckt Filme mit uns, sie hört mit mir Musik und wir reden bis in die Nacht hinein. Dann steht sie auf, wirft ihren Schlafsack über die Schulter und geht in den Garten zum Schlafen. Wie so vieles ist bei ihr auch diese Handlung eine Haltung. Bevor sie das Zimmer verlässt, küsst sie mich auf die Stirn.

Wir liegen an diesem Abend im Gras, auf Isomatten. Obwohl es November ist. Ratte und ich tragen warme Pullover, Paul trägt ein Fleece und seine schwarze Jacke. Sein Fahrradhelm liegt neben der Isomatte. Er sieht aus wie einer aus der Jack-Wolfskin-Werbung, als mache er sich gleich auf den Weg, einen Berg zu besteigen. Über uns sind Sterne. So gehört es sich auch.

«Da ist der Pegasus», sagt Ratte, und sie streckt ihre Hand in die Luft und zeigt uns einzelne Sterne, und macht sich die Mühe: «Seht ihr? Der dahinten, da weiter oben, nein, nicht da, über dem hellen …», und Paul versucht zu verstehen. Ich tue so als ob, wie immer. Was gehen mich Sterne an. Aber ich mag es, wenn Ratte erklärt.

Wir liegen im Gras auf Isomatten. Wir sehen wie ein Filmplakat aus, eine dieser Coming-of-age-Geschichten. Drei Freunde, vielleicht eine Dreiecksgeschichte, etwas mit Liebe. Aber die Geschichte ist eben anders. Wir lieben uns nicht auf diese Weise. Bei manchen Dingen bin ich mir so sicher.

Ratte mixt die Cocktails. Sie geht ins Haus und bringt aufgeschnittene Zitronen mit, und ich genieße die Selbstverständlichkeit, mit der sie sich in meinem Haus bewegt. Das ist mein Haus, denke ich, als lebte ich da ganz allein mit Astrid, so eine Art Pippi Langstrumpf, nur dass mein Papa in Wahrheit kein Kapitän ist. Das ist Geborgenheit, und das ist ein leises Gefühl von Überlegenheit. Ich bin ihr Zuhause. Ich bin ihre Familie. Ich könnte auch sagen: Ich bin etwas. Durch sie bin ich etwas. Ich esse die drei Muffins alleine auf. Wir rauchen, Ratte und ich. Paul raucht auch eine, dann eine zweite. Er glaubt, dass ihm das steht, und ich bin gemein, in Gedanken. Irgendwann streckt mein Papa den Kopf aus dem Fenster und wünscht uns viel Spaß und eine gute Nacht, da weiß ich, es muss kurz nach elf sein, und Ratte sagt, was sie immer über meinen Papa sagt, du hast echt Glück. Sie hat nicht viel Glück, ihr Vater ist, was man einen Bauernburschen nennt, irgendwie sehr einfach gestrickt. Er ist entweder furchtbar nett oder furchtbar betrunken. Wenn er furchtbar nett ist, dann hat Ratte Angst vor dem Moment, in dem er wieder furchtbar betrunken sein wird. Ich weiß nicht, ob es andersherum nicht auch so ist. Er liebt ihren Bruder, er liebt Jungs, und über Paul sagt er, der ist doch kein Kerl. Such dir einen Kerl, sagt er zu Ratte, einen richtigen Kerl, und ich frage mich, ob das der Grund ist, warum Ratte auch mal auf Mädchen stand. Paul ist nicht so gerne bei Ratte zu Hause, aber Ratte ist selbst, wie gesagt, nicht so gerne bei sich zu Hause. Paul hat einen behinderten Bruder, und deshalb sind wir meistens bei mir, und auch deshalb bin ich etwas. Immerhin hat Rattes Vater ihr das Mofa geschenkt, daraufhin hielt sie eine Weile die Klappe. Wir liegen im Gras, über uns die Sterne, und in mir ein Gefühl. Wir hören Bob Dylan.

How does it feel
How does it feel
To be on your own
With no direction home
A complete unknown
Like a rolling stone?
Bob Dylan

Ausnahmsweise scheint das Leben groß. Das Leben ist das Ding zwischen hier und morgen.

«Los geht's!», sage ich. Und ich setze mich auf.

«Nein!», stöhnt einer von den beiden, aber er oder sie meint es nicht so. Es ist nicht von Bedeutung, wer von den beiden so stöhnt. Ich habe ein Gefühl, und ich habe ein Leben (vor mir und in mir und zwischen hier und morgen und ein wenig auch jetzt), und ich liebe die beiden, und ich liebe das Leben, und ich will spielen, das Leben und jetzt. Und ich liebe dich. Das denke ich heute, sage aber nichts. Stell dir vor.

«Stell dir vor, du wärst verliebt in … R. Und du müsstest es R. sagen.»

«Ach komm, gleich am Anfang?»

R. ist der dickste Junge der ganzen Schule. Er ist so dick, wie die Amis dick sind.

«Stell dir vor, du wärst verliebt in R. und müsstest R. küssen. Mit Zunge. Und mindestens vier Minuten am

Stück. Nachdem R. das Schinkenbrötchen in der Pause verdrückt hat. Mit ganz viel Senf natürlich.»

«Stell dir vor, du hättest Sex mit R., und jemand würde dich dabei filmen, und das Video auf YouTube stellen, und deine Oma würde es sehen.»

«Ich hab keine Oma.»

«Und meine weiß nicht, was YouTube ist.»

«Psst, keine Kommentare. Stell es dir vor.»

«Stell dir vor, du dürftest für den Rest deines Lebens nur noch Schinkenbrötchen essen!»

«Stell dir vor, du würdest deinen Vogel da oben essen. Gebraten.»

«Mein Vogel heißt Astrid, und ich bitte dich, etwas mehr Respekt. Vor dem Vogel.»

«Keine Kommentare!»

«Okay, ich stelle es mir vor.»

Astrid heißt Astrid wegen Astrid Lindgren. Ich habe sie, seit ich acht Jahre alt bin. Ich war acht Jahre alt und wollte Pippi Langstrumpf werden. Astrid habe ich, weil meine Mutter gestorben ist. Ein Papagei kann eine Mutter nicht ersetzen. Weil niemand eine Mutter ersetzen kann, sagen wir, mein Papa hat mir Astrid zum achten Geburtstag geschenkt. Meine Mutter ist vierunddreißig Tage vor meinem achten Geburtstag gestorben, und er hat sich wirklich Mühe gegeben: nicht zu weinen an diesem Tag. Deshalb habe ich Astrid.

«Psst. Stell dir vor, dein Papa wäre nicht mehr da.»

«Stell dir vor, dein Vater wäre noch da, aber deine Mutter nicht mehr.»

«Stell dir vor, dein Papa wäre noch da, aber wäre plötzlich so wie mein Vater. Und deine Mutter wäre immer noch tot.»

«Stell dir vor, dein Bruder wäre behindert.»

«Stell dir vor, du hättest keinen Bruder.»

«Stell dir vor, du hättest keine Freunde.»

«Stell dir vor, du hättest uns nicht mehr.»

«Stell dir vor, du könntest nur einen von uns haben, und du müsstest dir aussuchen, wen.»

«Stell dir vor, du könntest nur einen von uns haben, würdest aber den kriegen, den du nicht haben willst.»

«Ja, und stell dir vor, dass du das vorher laut sagen musst, wen du haben willst. Dann kriegst du aber den anderen und musst ihn behalten. Das heißt, ich weiß dann, dass du lieber sie behalten hättest.»

«Würdest du denn mich behalten wollen?»

«Psst.»

«Stell dir vor, du verliebst dich in einen von uns», sage ich.

«Neee!»

«Psst. Stell dir das vor.»

«Stell dir vor, du verliebst dich in jemand anderen, jemand Unpassenden.»

«Wer könnte denn unpassend sein? Was ist das überhaupt für ein Wort, unpassend?»

«Weiß nicht. Stell dir vor, du verliebst dich in jemanden, jemanden, der so gar nicht in Frage kommt zum Verlieben. Jemand, in den man sich normalerweise eben nicht verliebt.»

«Mach mal ein Beispiel.»

«Okay. Stell dir vor, du verliebst dich in ein anderes Mädchen. Oder du dich in einen Typen.»

«Bist du homophob oder was?»

«Psst. Keine Fragen.»

«Stell dir vor, du verliebst dich in einen Lehrer», sage ich. «Stell dir vor, du verliebst dich in einen Referendar.»

Sie hören die Frage, aber sie verstehen die Geschichte nicht, die ich zu verschweigen versuche.

«Stell dir vor, du verliebst dich niemals in jemanden. Du bleibst für immer allein.»

«Stell dir vor, du verliebst dich, und deine Liebe bleibt immer unerwidert.»

«Stell dir vor, du verliebst dich so schlimm, dass du dich umbringen willst, wenn er dich nicht will.»

«Aber wenn ich mich umbringen will, dann finde ich das mit dem Umbringen ja gar nicht so schlimm. Dann will ich ja genau das.»

«Psst.»

Ich schaue in die Sterne. Ich warte darauf, dass ich zu frösteln beginne, die Schlafsäcke liegen bereit, mein Fleecepullover, mein Schal. Ich habe auch zwei Wolldecken mit heruntergebracht. Ich friere nicht. Ich liege zwischen Ratte und Paul. Ich liege gerne in ihrer Mitte, das ist wie wenn ich Eltern, aber die guten Eltern erwischt hätte. Das ist, als ob nichts gewesen wäre. Wenn einer von uns einen Schluck nehmen will, setzt er sich auf. Die Grashalme piken im Nacken, aber nicht schlimm. Zwischen den Grashalmen liegt Herbstlaub. Nichts ist schlimm in dieser Nacht.

«Okay, stell dir vor, du wärst blind.»

«Stell dir vor, du hättest nur einen Finger.»

«An welcher Hand?»

«Ist doch egal.»

«Und welchen? Ich hätte gerne den Zeigefinger.»

«Nee, du hättest nur den kleinen.»

Nichts ist schlimm in dieser Nacht, in der ich nichts erzähle, und Ratte nichts von S. erzählt, obwohl wir doch wir sind, obwohl die Sterne über uns sind, und in uns eine Ruhe, die auch ein Versprechen birgt. Einer von uns schläft logischerweise zuerst ein. Irgendwann wache ich auf, mir ist furchtbar kalt, ich zittere am ganzen Körper, Paul ist gegangen, Ratte pennt tief und fest. Sie trägt eine Mütze. Ich werfe meine Decke über sie, auch meinen Schlafsack, und gehe ins Haus zurück, um in mein Bett zu kriechen. Astrid schläft. Alle schlafen.

Stell dir vor, ich schlafe nicht.

Am nächsten Nachmittag muss Ratte zum Zahnarzt. Es ist vielleicht auch der Nachmittag ein paar Tage danach, und eigentlich hat der Zeitpunkt gar keine Bedeutung. Das Leben fließt so vor sich hin, es ist das, was zwischen den Spielen geschieht.

Ratte hat vor Zahnärzten Angst, weil Ratte Ärzte hasst. Sie sagt, das liegt in den Genen, ihre Mutter hat auch Angst, und ich sage: «Warte, bis du selbst Ärztin bist.»

Sie lernt Latein, und Paul fragt sie Vokabeln ab, die sie

brav auf verschiedenfarbige Karteikärtchen abgeschrieben hat, Verben sind grün, Substantive blau, Adjektive gelb und Adverbien weiß, und sie sagt, die Farbenwahl sei eine bewusste Entscheidung gewesen, sie sagt, Verben hätten geschlechtslos sein müssen, also weder rosa noch blau. Wenn ich mich langweile, bringe ich die Ordnung in ihren Karteikärtchen durcheinander, und wenn ich das Ärgern wiedergutmachen will, nenne ich sie Dr. Ratte, das gefällt ihr. Paul sagt: «Lass uns doch mal in Ruhe lernen und such dir was Sinnvolles zu tun. Du bist wie ein Kind, das beschäftigt werden muss, ehrlich.»

Wir bringen Ratte zum Zahnarzt, hängen mit ihr im Wartezimmer herum und blättern uns durch Frauen- und Promizeitschriften. Wir lassen Paul, der keine Ahnung von Celebritys und all diesem Promizeug hat, anhand der Fotos raten, wer womit bekannt geworden ist. Er verwechselt Sängerinnen mit Prinzessinnen, männliche Models mit Fußballspielern, und ich hoffe, das Lachen lenkt Ratte ab. Als sie in den Behandlungsraum gerufen wird, fragen Paul und ich die Sprechstundenhilfe, wie lange die Behandlung dauert, und gehen hinaus an die frische Luft. Wir haben eine halbe Stunde.

Das ist einer dieser Tage, an denen das Leben in vorhersehbarer Monotonie versinkt: Schule und Paul und Ratte und Hausaufgaben und nichts. Da ist es dann: das Ich-muss-mal-wieder-spielen-Gefühl.

«Lass uns ein Spiel spielen», schlage ich vor.

«Klar», sagt Paul.

Ich erfinde die Spiele. Sie folgen mir, die anderen

beiden, aber sie lassen mich niemals der Spielleiter sein. Ich weiß nicht, woher ich die Ideen habe. Als hätte sie jemand in meinen Kopf gelegt.

Ich schaue mich um.

«Wir haben zwanzig Minuten», sagt Paul.

«Wie viel Geld hast du dabei?»

Paul zieht seinen Geldbeutel aus der Hosentasche, findet nichts im Fach für die Scheine und zählt daraufhin das Kleingeld nach.

«Acht Euro, neunundzwanzig Cent.»

«Okay, du hast neunzehn Minuten. Um ein außergewöhnliches, perfekt auf mich abgestimmtes Geschenk zu finden. Und du darfst nicht mehr als acht Euro ausgeben. Und es darf nichts sein, was du jemand anderem auf der Welt schenken würdest. Es muss nur für mich sein. Also jetzt nicht so ein Billighalstuch oder ein Notizbuch oder sonst irgendein Standardkram. Es muss perfekt zu mir passen. Verstehst du?»

Paul sieht auf seine Uhr. Dafür liebe ich ihn. Immer liebe ich ihn für etwas.

«Sechzehn Uhr dreiundzwanzig wieder hier am Laternenpfahl?»

«Yepp.»

Mir fällt ein, dass ich ein Geburtstagsgeschenk für meinen Papa brauche, und wie immer fällt mir außer Krawatte nichts ein. Paul trägt immer nur schwarze Socken. Er findet es albern, seine Persönlichkeit in Fußbedeckungen, so drückt er sich aus, zu stecken. Er sagt, dass er bei einer schwarzen Socke niemals verzweifelt nach dem passenden Gegenstück suchen muss.

«Ich mische meine doch auch, wahllos», erwidere ich.

Die Krawatte nehme ich aus Seide, rot-blau gestreift, und bei den Socken halte ich für ein paar Momente inne: Nähme ich bunte, geringelte oder sonst irgendwie gemusterte, so wäre es ein Aufruf: Komm, Paul, bring Leben in dein Leben und Farbe an deine Füße, komm, Paul, das Leben beginnt. Lass uns rennen, ins Leben hinein, und dann lass es uns überholen. Wir wie wir drei. Nähme ich schwarz, so wäre es ein Du darfst. Du darfst du sein, und ich liebe dich wirklich, ich liebe dich nicht immer für etwas.

Das ist eine Lüge, aber ich nehme trotzdem die schwarzen: ein perfektes Geschenk für Paul. Und noch Zeit, mir einen Cappuccino zu holen.

Bei der Gelegenheit nehme ich eine Serviette mit und schreibe darauf: «Ja, Socken sollten nicht der Ausdruck einer Persönlichkeit sein, aber warum dürfen Socken keine Persönlichkeit haben?» Ich stecke die Serviette in die Tüte zu den Socken.

Als ich zurückkomme, steht Paul am Laternenpfahl, hält aber nichts in den Händen.

«Hast du nichts?»

«Doch.»

«Und wo ist es?»

«Siehst du gleich.»

«Ich zuerst oder was?»

«Ja.»

Paul öffnet die Tüte, lacht und gibt mir einen Kuss auf die Wange. Er riecht nach Kaugummi, und er hat blonde Bartstoppeln, die nicht zu sehen sind, aber kratzen. Das Kratzen überrascht mich. Pauls Wange berührt mich selten, fällt mir auf.

Er nimmt mich an die Hand. Es ist komisch, so zu sein, Hand in Hand, zu zweit. Ich denke, Ratte müsste gleich fertig sein, und ich denke, das ist gut so, aber das ist mehr ein Gefühl als ein Gedanke. Ich beschließe, ihr ein paar Schlucke von meinem Cappuccino übrig zu lassen, das ist nett, nach dem Zahnarzt und so.

Paul führt mich zu einer Baustelle um die Ecke, dann um die Baustelle herum an eine Stelle, die von der Straße schwer einsehbar ist. Auf einem Ziegelstein und direkt darunter auf dem Boden hat er drei Playmobil-Figuren verteilt. Eine Frau liegt in einem Zahnarztstuhl unter einer dieser großen Lampen. Den Zahnarztstuhl hat er auf den Ziegelstein gestellt. Zwei weitere Figuren stehen unterhalb des Steins: ein Mann, eine Frau. Die Frau hält etwas in der Hand, irgendwas Kleines, das ich nicht sofort erkenne.

Paul hat gewonnen. Ich glaube, Paul hat ziemlich gewonnen, und für einen kurzen Moment glaube ich, dass das Gewinnen eine zweite Bedeutung hat. Aber das Gefühl verschwindet, und ich bin wieder im Jetzt.

«Was ist das denn Cooles?»

«Dein Geschenk», sagt Paul und blickt auf seine Schuhe.

Heb den Kopf, schau mich an. Ich sage nichts. Stattdessen hebe ich die Frau auf und nehme ihr das aus dem kleinen Händchen, was sie hält. Es ist schwarz. Paul hat ein klitzekleines Stück Papier schwarz angemalt und aus dem Papier eine schwarze Socke ausgeschnitten.

So haushoch hat mich noch nie jemand besiegt.

Da ist noch mehr, aber die Worte sind verschwunden.

Ich küsse ihn, und ich küsse ihn auf die Lippen, das ist spontan und kurz und auch schon wieder vorbei. So.

Paul steht da.

Wir holen dann Ratte ab und führen sie an die Baustelle. Sie hält sich die Wange, und sie sagt, Zahnärztin würde sie nie werden, also wirklich nicht, das sei ja Menschenquälerei. Wir zeigen ihr die Playmobil-Figuren.

«Was hast du ihm denn geschenkt?», fragt Ratte.

«Schwarze Socken.»

«Schwach, Alex, schwach», urteilt Ratte.

Sonst sagt Ratte nichts. Wir hatten ohne sie gespielt. Ich hätte, ich hätte auf jeden Fall. Wir waren drei. Wir waren immer drei gewesen. Die Playmobil-Menschen stelle ich zu Hause auf mein Bücherregal.

DREI

Am Freitag warte ich auf etwas. Es passiert nichts.

Am Samstag sitzen Ratte und Paul bei uns am Frühstückstisch. Ich habe Pancakes gebacken. Ratte hat Ahornsirup mitgebracht. Paul isst seine Pancakes ohne Blaubeeren. Mein Papa und er sprechen über Politik. Ratte malt mit Ahornsirup Gesichter auf die Pancakes, aber sie zerfließen sofort. Ich klopfe mit den Fingern auf den Tisch.

«Und, was habt ihr heute noch Schönes vor?», fragt Papa.

«Keine Ahnung», antwortet Ratte.

«In den Tag hineinleben», sagt Paul.

Ich sage nichts.

Ratte füttert Astrid. Das macht sie gern. Sie streichelt ihr über den Kopf und Astrid lässt es zu. Das ist ein Vertrauensbeweis. Paul lümmelt auf meinem Bett. Es ist ein Samstag.

«Wir könnten was mit Johnny machen», schlage ich vor.

«Wie meinst du das?», fragt Ratte.

«Wir wissen doch, wo er wohnt.»

Dein Nachname ist Spitzing. Der Nachname passt nicht zu dir. Herr Spitzing, das ist dein Vater. Ich stelle mir deinen Vater als einen Herrn Spitzing vor. Johnny passt besser zu dir.

«Und jetzt?», fragt Ratte.

«Klingelt doch einfach», sagt Paul, der hinter mir steht. Ungeduld macht sich in seiner Stimme breit.

«Klingel du doch!»

«Ja okay, dann lasst mich mal durch.» Paul klingelt tatsächlich.

Eine breite Treppe führt nach oben. Im Treppenhaus ist Stuck. Jede Treppenstufe macht ein knarzendes Geräusch, sie sind aus Holz. Du wohnst ziemlich weit oben. Vor den anderen Wohnungstüren stehen Schuhe. Auf einer Fußmatte im zweiten Stock steht *O nein! Nicht du schon wieder!*

«Manche Leute denken, sie haben Humor», kommentiert Paul.

Du stehst mit verschränkten Armen oben am Treppenabsatz. Du trägst ein graues T-Shirt, deine Oberarme sehen stark aus. Deine Jeans ist unten umgekrempelt. Aus deiner Wohnung singt eine Frau, gezupfte Gitarre.

«Hallo», sagst du, aber das Hallo ist eine Frage.

«Du magst Joan Baez?», fragt Paul.

Ich weiß nicht, ob du uns deshalb hereinbittest.

I can see now
Where you might grow tired of dreams
That don't come true
I can see where I have fallen short

Of the things I promised you
I can see now through my tear filled eyes
No love on your face
I must get used to seein' strangers in my place.
Joan Baez

Bücherstapel auf dem Boden. Zeitschriftenstapel daneben. «Rolling Stone» und «Spex». «Lettre International» und «Harper's Magazine». Ich merke mir die letzten beiden Titel. In der Ecke steht ein alter Holzhocker, darauf ein Plattenspieler. Deine Platten sind in zwei quadratische Metallregale gepresst. Das Einzige hier im Zimmer, das geordnet ist. Der Rest ein wundervolles Chaos.

An der Wand mit den großen Fenstern hast du eine lange Holzplatte auf Beinen angebracht. Das Holz ist hell, unbehandelt. Auf der Arbeitsplatte häufen sich aufgeschlagene Bücher und Blätter. Dein MacBook verliert sich beinahe darunter. Auf dem Boden liegen Kissen verstreut. Es riecht nach Zigarettenrauch, Kaffee, gebratenen Eiern und Persil. Ich merke mir das als deinen Geruch.

«Was verschafft mir denn die Ehre?», fragst du, aber es klingt nach: «Was macht ihr denn hier, was wollt ihr?»

Paul inspiziert deine Bücher. Ratte inspiziert deine Platten. Ich mache währenddessen die Sache mit der Unterhaltung.

«Wir wollten sehen, ob du Lust hast, was zu machen», sage ich. «Mit uns.»

Du sagst nichts. Die Daumen hast du in den Gürtelschlaufen deiner Jeans.

«Hey, können wir die mal hören? Als Schallplatte?», ruft Ratte an genau der richtigen Stelle und zieht eine Platte hervor.

And what can I tell you my brother, my killer
What can I possibly say?
I guess that I miss you, I guess I forgive you
I'm glad you stood in my way.
Leonard Cohen

An den Wänden hängen Bilder von Orten, es sind Bilder von Andeutungen von Orten, Details wie Grashalme über dem, was man als Wasser erahnt, es könnte auch ein Himmel sein, und Häuser, im Regen verschwommen. Ratte fragt dich nach den Bildern. Du sagst, die Orte seien das, was dich zu dem macht, der du bist.

«Sie haben mich sozusagen gemacht», so sagst du das, und ich frage nach den Namen der Orte.

«New York, Skopelos, Alexandria, Kopenhagen. Dort drüben, das ist Kairo.»

«Hast du da überall gelebt?»

«Ist Skopelos in Griechenland?»

«Ja. Gelebt, geliebt, nicht mehr geliebt. Einfach alles», sagst du. «Auch viel traurig gewesen», fügst du noch hinzu.

Ratte hat sich auf den Boden gelegt. Parkett. Paul sitzt im braunen Sitzsack. Du kniest vor der Schallplattensammlung. Ich setze mich im Schneidersitz neben Ratte. Dein Kaffee ist für mich zu stark. Ich stehe wieder auf und frage dich nach der Toilette. Du zeigst mir den Weg.

Das Badezimmer ist groß, aber die Kacheln und Armaturen sind alt. Eine Postkarte hängt am Spiegel. Sie zeigt ein Graffito, da steht *Niente Stress.* Du benutzt ein Shampoo von Paul Mitchell. Neben der Shampooflasche steht ein Sportduschgel. Und das Lavendelduschgel von Weleda. Mit den Augen filme ich jedes Detail, während ich auf dem Klo sitze. Der Wäschekorb ist aus Bast, im Mülleimer sind Wattestäbchen und eine leere Klorolle zu sehen. Der Duschvorhang ist eine Karte der Untergrundbahn von London. Im Zahnputzbecher stehen zwei Zahnbürsten. Eine ist grün. Eine ist lila.

«Ihr seid komisch», sagst du gerade, als ich wieder hereinkomme.

«Inwiefern?», fragt Ratte und starrt dabei an die Decke.

«Dass ihr einfach so hier auftaucht.»

«Magst du das nicht, ungeplanten Besuch?»

Magst du uns nicht, wäre auch eine Frage. Ich schaue dich an, und ich weiß nicht, was du denkst. Ob du unsicher bist oder unbeteiligt. Ob du dir Fragen stellst. Warum wir hier sind. Oder wann wir wieder gehen. Es könnte alles sein. Du könntest alles sein.

«Oder magst du nicht ungeplanten Besuch von Schülern?», fragt Paul. «Hä, Johnny?», fügt er schnippisch hinzu. Dann guckt er beinahe erschrocken zu Boden.

Da grinst du. Und Paul kann wieder lächeln. Das sind vielleicht Paul und du.

«Hey», sagt Paul und geht zu einem der Bücherstapel. «Wir machen jetzt mal was.»

Paul ist prädestiniert für so was. Stimmung in kippligen Momenten und das Ruder in die Hand. Eines Tages rettet Paul die Welt. Und ich stehe dann daneben. Jetzt schnappt sich Paul erst einmal ein Buch von einem der vielen Bücherstapel. Er schlägt es irgendwo auf.

«Vier Tage blieben sie in der Stadt. Als sie abreisten, hatten sie zum ersten Mal im Leben das Gefühl, zwischen ihnen sei etwas geschehen. Als ob der eine dem anderen etwas schulde. Es war nicht in Worte zu fassen», liest er vor.

«Machst du weiter?», fragt er dich.

«Wie weitermachen?»

«Na, wie würdest du an dieser Stelle weiterschreiben?»

Du schweigst.

«Ich weiß ja, wie es weitergeht», sagst du.

«Ist doch kein Grund», sagt Paul, und in seiner Stimme schwingt mit, dass er dir eine Fortsetzung dieses Satzes erspart. Du ziehst die Augenbrauen zusammen.

«Das Gefühl blieb, und es blieb auch noch morgen. Und übermorgen. Und sie scharwenzelten umeinander herum, und sie fühlten sich wie Lügner. Sie wollten aber keine Lügner sein», fährt Ratte fort, als würde sie lesen. Sie kann das. Ratte schreibt manchmal Gedichte. Eines hat sie uns vorgelesen. Ich habe es nicht verstanden, aber es klang schön.

Ich stehe auf und ziehe ein anderes Buch hervor. Javier Marías, «Alle Seelen». Auf dem Cover ist ein schwarzweißes Foto abgebildet, ein Boot auf einem Kanal. Ich schlage es irgendwo auf, so wie Paul es getan hat.

«Für mich ist dieser Ort ein vorübergehender Aufenthaltsort, aber es handelt sich um einen Aufenthalt, der lange genug währt, dass er mir eine sogenannte Liebesgeschichte verschaffen muss, solange ich hier bin», lese ich vor. Liebesgeschichte ist kursiv gedruckt, also betone ich das Wort beim Lesen, und blicke dabei zu Paul. Paul wendet seinen Blick ab.

«Sie aber beachteten mich nicht und achteten auch nicht mein Vorhaben, sie waren ja mit ihren eigenen Lügen beschäftigt. Die Lügen waren Gefühle», fährt er fort.

«Was, schreibt ihr jetzt ein Buch?», fragst du.

«Psst», sagt Ratte und nimmt das Buch, an das sie von ihrem Platz aus am besten herankommt, wirft einen Blick auf den Titel und es dir dann zu. Du fängst es auf. Dann schlägst du es auf.

Paul bestellt Pizza. Er macht es mit einer App.

«Ihr wollt hier Pizza essen?», fragst du.

«Ja. Mit dir», sagt Paul. «Du bist kein Vegetarier, oder?»

«Was ist aus dem guten alten Anrufen bei einer Pizzeria geworden?», fragst du.

«Magst du Anchovis? Und Radicchio?», fragt Paul.

«Ihr müsst wohl immer anders sein», sagst du.

«Schon mal darüber nachgedacht, wie anders es wäre, nicht ständig darüber nachdenken zu müssen, anders zu sein? Und einfach nur das auf der Pizza zu essen, was einem schmeckt?» Du grinst. Dann gehst du in die Küche und kommst mit einer Flasche Rotwein zurück.

Als es klingelt, gehst du nach unten, um die Pizza zu holen. Die Wohnungstür lässt du offen stehen. Wir hören deine Schritte auf der alten Holztreppe. Sie knarzt so schön. Ich schaue Ratte an. Ich ziehe die Augenbrauen hoch. Ratte nickt. Ratte springt auf.

«Echt jetzt?», fragt Paul.

«Klar», sage ich. Paul steht auf, ich glaube, das nennt man bedächtig, und stellt sich an die Wohnungstür.

Ratte und ich rasen ins Zimmer nebenan. Es ist dunkel, die Jalousien sind heruntergezogen. Ratte knipst den Lichtschalter an, eine Glühbirne blitzt auf. Das Zimmer ist nicht groß. Auf dem Boden liegt ein riesiger Futon. Zwei mal zwei Meter oder so. Auf dem Futon sind unzählige Kissen. Die Bettwäsche ist grau. Das Bett ist nicht gemacht. Neben dem Bett Zeitschriften und Bücher. An der Wand ein großes Bild, auch hier wieder schwarzweiß. Auf dem Bild eine Frau. Sie ist von den Schultern an aufwärts zu sehen. Neben ihr ein Lampenschirm. Die Frau blickt so, als wüsste sie mehr. Sie fragt sich, was sie auf dem Foto soll. Sie ist schön. Traurig, aber schön.

«Guck mal», sagt Ratte. Sie hat den Schrank in der Ecke geöffnet und eine Schublade herausgezogen, nun hält sie eine Unterhose in der Hand. Boxershorts, schwarz.

«Und was noch?»

Ratte zieht eine andere Schublade auf.

«Socken. Die T-Shirts sind sehr ordentlich gefaltet.»

«Oh, und schau mal, da!»

Sie zieht eine Käppi hervor, auf der die rote Zunge von den Rolling Stones abgebildet ist, und setzt sie sich auf.

«Mir steht so was, oder?»

Ich betrachte das Bild von der Frau an der Wand. Da ist Stärke, und ich habe Fragen. Die Fragen sind dringend. Sie drängen. Ich sage nein.

«Verzieht euch», zischt Paul. «Er kommt!»

Wir haben uns gegen die Küche entschieden. Wir essen die Pizza auf dem Boden sitzend, im Schneidersitz, der Käse fließt über meine Finger, und Ratte hat wieder sofort eine Serviette parat. Wir sagen nicht viel. Du hast überall Teelichter aufgestellt.

«Das ist jetzt nicht romantisch gemeint», hast du gesagt.

«Das haben wir auch nicht so verstanden», habe ich geantwortet.

Jetzt flackern sie so vor sich hin.

«Können wir dich was fragen?», sagt Paul. Er klopft sich die Hände ab von der Pizza.

«Was denn?»

«Irgendwas. Aber etwas, das du ehrlich beantworten musst.»

«Klar. Dann darf ich aber auch Fragen stellen.»

«Klar.»

«Was war das Beste, was dir im letzten Jahr passiert ist?», fragt Ratte.

Du denkst nach. Wenn du nachdenkst, runzelst du die Stirn. Dann grinst du. Aber du sagst immer noch nichts.

«Hast du in der Schule gemobbt oder wurdest du gemobbt?», fragt Paul.

Da musst du schmunzeln.

«Was glaubst du denn?», fragst du zurück.

«Schwer zu sagen», antwortet Paul.

«Weißt du, was deine erste große Liebe heute macht?», frage ich.

«Klar», antwortest du.

«Das ist so eine typische Alexandra-Frage», sagst du auch. Du sagst Alexandra.

Deine Fragen gehen so:

«Wonach bist du süchtig?» Das fragst du Paul.

«Welche intellektuellen Merkmale findest du attraktiv?» Das fragst du Ratte. Ratte antwortet schnell. Du lässt dir mit der dritten Frage Zeit.

«Warum liebst du Schwarz so sehr? Meinst du, das bringt etwas zum Ausdruck?»

«Weil ich Lila hasse», antworte ich.

Wenn du nachdenkst, siehst du unter anderem traurig aus. So, als hättest du jemanden verloren. Wenn du lachst, wirfst du den Kopf in den Nacken. Manchmal fährst du dir durch die Haare. Deine Stimme wird lauter, wenn du getrunken hast. Wenn du dich entspannst, trommelst du mit den Fingern auf den Boden, auf den Tisch. Deine Finger sind ungerade. Paul hat schöne, lange Finger. Paul spielt Klavier, und so sehen seine Finger auch aus. Wenn du noch mehr getrunken hast, bist du voller Ideen. Du läufst auf und ab in deinem nicht besonders großen Wohnzimmer. Du blickst nicht mehr auf die Uhr, und deine Augen stellen keine Fragen mehr.

Du schlägst vor, wir sollen Scharade spielen. Du gibst uns Begriffe vor. Bruttosozialprodukt, Freihandelsabkommen und Souveränität. Ich ziehe Freihandelsabkommen und zeige es Wort für Wort. Erst frei, dann Handel, dann errät es Paul.

«Du Schwein!», rufst du aus, und ich weiß nicht, wen von uns beiden du meinst.

Zur Rache geben wir dir Begriffe. Sexualtherapeut gebe ich dir vor, ich flüstere dir den Begriff ins Ohr.

«Was?», fragst du, behältst aber dein Ohr nah an meinem Gesicht, damit ich dir den Begriff noch einmal flüstern kann. Du lachst. Während du versuchst, den Begriff zu zeigen, macht Ratte ein Video mit ihrem Handy.

«Damit könnt ihr mich jetzt erpressen», sagst du, aber du bittest Ratte nicht, es zu löschen. Ich glaube, das liegt daran, dass wir Freunde werden. Wir trinken noch mehr Wein. Alles verschwimmt in schön. Ich kenne das nicht, dieses Gefühl. Bleiben zu wollen.

«Paul, warst du schon mal verliebt? So richtig schlimm? Also so richtig?», fragst du.

«Ja», antwortet Paul.

Ich setze mich auf, obwohl mir das Aufsetzen schwerfällt. Ich schaue zu Ratte, aber sie nicht zu mir.

«Echt? In wen denn?», frage ich.

«Ja, in wen denn?», fragt Ratte. Und sie lacht wieder dieses eine Lachen. Ratte ist betrunken. Wenn Ratte betrunken ist, kommt ihre böse Seite hervor. Ich will wissen, was deine ist.

«Geht euch einen Scheiß an», sagt Paul.

«Seit wann redest du denn so?»

«Wir haben doch alle unsere Geheimnisse. Dinge, die wir nicht hergeben», sagt Paul. «Ich jedenfalls.» Er begeht den Verrat mit Absicht.

«Wir sagen uns doch sonst immer alles», sage ich, und ich unterstreiche die Lüge mit etwas Entrüstung.

«Ach, komm!», sagt Paul. Ratte sagt nichts mehr. Paul macht mir Angst.

Wir schweigen. Du bist da, aber gleichzeitig bist du es nicht. Wer bist du denn überhaupt?

«Hey», sage ich in die Stille hinein.

«Hey», antwortet Paul leise. Ratte sagt nichts.

«Also, ich glaub, dass jeder seine Geheimnisse hat. Bei aller Freundschaft. Das muss ja kein Geheimnis in dem Sinne sein, also keine Lüge. Sondern einfach etwas, das nur einem selbst gehört», sagst du. Was du sagst, ist ein Versuch. Danach ist die Stille noch lauter.

«Was würdest du denn nie erzählen?», fragt Ratte dich. Sie klopft einen Rhythmus mit den Fingern auf den Boden. Es dauert ein paar Sekunden, dann habe ich den Song.

«Ha, ha!», sagst du.

«Du hast das Spiel nicht verstanden. Es geht darum, Grenzen zu übertreten», sagt Ratte.

We will, we will rock you. «Was würdest du denn nie hergeben? Also welchen Gegenstand?», fragt Paul, und er schaut sich in deinem Zimmer um. Er klingt erleichtert. Diesmal denkst du nicht lange nach. «Die hier», sagst du. Du holst dein Portemonnaie hervor, fischst eine Kette heraus und lässt sie an einem Finger baumeln. An der Kette ist ein silberner Anhänger.

«Was ist das?»

«Eine Weltkugel. Eine kleine Weltkugel», sagst du, und klingst dabei so: zärtlich.

«Woher hast du die?» Ich versuche, es möglichst beiläufig klingen zu lassen. Nicht zu neugierig. Nicht eifersüchtig oder wie man das nennt.

«Hast du sie geschenkt bekommen?»

«Nee. Die habe ich mal verschenkt.»

«Und dann?»

«Dann habe ich sie eines Tages zurückbekommen.»

«Warum?»

«Das war das Ende einer langen Geschichte.»

«Einer Liebesgeschichte?»

«Sind nicht alle Geschichten Liebesgeschichten?»

«War es eine?»

«Na klar.»

«Und dann?»

«Dann war sie zu Ende. So gehen Geschichten. Erst liebt man nicht, dann liebt man, dann liebt man nicht mehr. Oder man wird nicht mehr geliebt, kommt drauf an.»

«Hat sie dich nicht mehr geliebt?»

«Kann man das immer so genau sagen?»

«Gibt es das nicht, dass man weiterliebt?», fragt Paul. «Dass man trotzdem liebt? Oder alleine? Sozusagen so vor sich hin.»

«Klar», sagt Ratte.

«Klar gibt es das», sagst du. «Das ist sogar eine sehr schöne Form von Liebe.»

Als Ratte auf dem Boden einzudösen beginnt, schmeißt du uns raus. Ratte rollt sich ein, wie ein Welpe. Ich sehe das aus den Augenwinkeln, ich liege auf dem Rücken. Von Paul sehe ich in dieser Haltung nur die Socken aus dem Sitzsack hervorlugen. Dich sehe ich verschwommen. Du siehst gut aus, verschwommen. Die Musik kommt aus den Lautsprechern, aber ich fühle sie überall. Die Musik ist ich, oder ich bin die Musik. Das ist der Alkohol, der mir solche Gedanken flüstert.

«Ich muss jetzt ins Bett», sagst du. Das ist ein natürliches Bedürfnis, völlig legitim, und es ist unfair dir gegenüber, dass dieses Bedürfnis mir nicht passt. Bleiben für immer und so. Ich schwanke zur Wohnungstür.

«Also radeln kann Alex so auf gar keinen Fall», sagst du.

«Doch klar.»

«Na klar.»

Du ziehst einen Zwanzig-Euro-Schein aus der Tasche und drückst ihn Paul in die Hand.

«Teilt euch ein Taxi.»

Dann schaust du mich an.

«Und ich bring euch besser runter.»

Auf der Treppe legst du mir den Arm um die Schultern.

«Komm, ich stütz dich mal. Nicht dass du uns noch runterpurzelst und dir den Kopf aufschlägst. Wäre schade um die schöne Treppe mit all dem Blut», sagst du. Das sagst du, und etwas anderes sagst du nicht. Etwas Wichtiges sagst du nicht, obwohl ich nicht mehr weiß, was das sein könnte. Das ist entweder dem Alkohol geschuldet oder eine sehr kluge Ellipse.

Was eine Ellipse ist, habe ich von dir gelernt. Ich habe viel von dir gelernt, aber ich glaube, nichts fürs Leben. Je mehr, desto stärker, ist eine Ellipse. Je mehr, desto stärker, das gilt für Liebe, für Hass, für die billigen Gefühle, für dich und für mich. Es hat einmal auch für meine Freunde und mich gegolten.

Ich weiß nicht, wie der Sonntag vergeht. Er besteht aus vielen Minuten. Die Minuten lassen sich Zeit. Ich ziehe mich durch den Tag. Der Tag ist noch langsamer als ich.

Montags haben wir dich. Wir haben dich in Deutsch. Paul holt mich morgens ab, und ich fahre voraus. Ich fahre schnell. Es ist kalt. Paul trägt schwarze Schneehandschuhe. Ich trage keine. Alle tragen schon seit Wochen Handschuhe beim Fahrradfahren. Ich nicht. Ich bilde mir etwas darauf ein: keine Handschuhe zu mögen. Verschiedene Socken zu tragen, aber alles andere, wirklich alles, in Schwarz.

Vor Deutsch lungere ich im Flur herum. Alle sind

schon im Klassenzimmer. Zu Ratte sage ich, ich muss noch mal aufs Klo.

«Soll ich mitgehen?», fragt Ratte.

«Nee», sage ich. Ratte schaut auf. Ich lungere im Flur herum. Ich finde keine gute Körperhaltung und für mein Lungern keine Erklärung, also stelle ich mich ans Fenster. Ich weiß nicht, wie man das macht, bedeutungsvoll herumlungern.

Du schlenderst durch den Gang. Ich glaube, so sieht das aus, schlendern. Jedenfalls hast du keine Eile. Das Klingeln zur Stunde hat nichts mit dir zu tun. Ich glaube, du lebst nicht in Stunden. Manchmal lebst du nicht in der Zeit. So sehe ich dich jedenfalls gerne. Du zuckst zusammen, als du mich am Fenster stehen siehst. Vielleicht sehe ich traurig aus, am Fenster. Bedeutungsvoll. Ich blicke hinaus.

«Guten Morgen», sagst du. Dein Guten Morgen ist eine Warnung.

«Guten Morgen», antworte ich. Ich kann dir direkt in die Augen blicken. Dein Blick ist dunkel, aber vielleicht liegt es an der schlechten Schulflurbeleuchtung.

«Willst du nicht reingehen, Alex?», sagst du. Du sagst nicht Alexandra.

«Doch, ja.» Und ich gehe vor dir ins Zimmer.

Das Wort, das du als Erstes an die Tafel schreibst, ist Auschwitz.

Wir haben dich heute in Deutsch, aber wir haben dich nicht.

Ich weiß nicht, ob es ein Stilmittel dafür gibt, für die

Kunst, zwei unpassende Themen miteinander zu verbinden. So was wie Bananen und Freiheit in einem Satz. Oder Tod und Kühlschrank. Oder Auschwitz und du.

Es gibt einen Song über jemanden, der sich an einem Tag ganz anders verhält als an einem anderen. Und darüber, wie es sich anfühlt, wenn man dann von ihm plötzlich ganz anders behandelt wird. Mir fällt der Titel nicht ein, auch nicht der Interpret, und ich versuche nach dem Song zu googeln, aber aus den Lyrics fällt mir außer «change» auch nichts mehr ein.

Es gibt ein Gefühl, das heißt Kälte.

Ich habe Paul und Ratte später noch gefragt, ob sie dich komisch fanden, heute.

«Nee, wieso?», fragte Ratte und ließ ihren Blick zu lange auf mir ruhen.

«Ist doch klar, in der Schule ist er unser Lehrer. Nix da mit Johnny», sagte Paul.

«Referendar», sagte ich.

«Als ob das einen Unterschied macht», sagte Ratte, die immer gern das letzte Wort behält.

«Sag mal, das ist ja wie in der Sauna hier! Ist dir nicht zu warm?», fragt mein Papa, als er abends nach Hause kommt und mein Zimmer betritt, um hallo zu sagen.

«Nee», sage ich.

«Also ich könnte das nicht, diese Hitze. Dreh mal die Heizung etwas runter, bitte.»

«Kennst du dieses Gefühl? Es heißt Kälte.»

Mein Papa schaut mich an.

«Hast du Hunger?»

Ich esse heute nichts, obwohl das dann immer bedeutet, dass mein Papa an solchen Abenden alleine isst. Ich starre an die Decke.

Am Dienstag haben wir dich in Geschichte. Du setzt dich zu Paul. Zu Paul, zu Paul, zu Paul, zu Paul. Ich habe ein Ist-mir-doch-egal-ob-du-besonders-nett-zu-uns-bist-Gesicht aufgesetzt, und ich versuche, die innere Haltung dazu zu finden.

Du wartest, bis es still ist. Die Stille legt sich gleichmäßig über die Klasse, wie ein Licht, das man dimmt. Du wartest noch. Die Köpfe sind zu dir gedreht. Nichts raschelt. Draußen fallen Schneeflocken, lautlos. Du sitzt im Rampenlicht, und du brauchst nicht mal Licht dazu.

Dann stehst du auf. Du hältst die Stille aus. Dann hältst du sie an, deine Stimme zerschneidet die Stille. Du liest vor. Du liest leise. Eigentlich liest du nicht einmal, du trägst es vor. Es, das ist ein Gedicht.

Schwarze Milch der Frühe wir trinken sie abends
wir trinken sie mittags und morgens wir trinken
sie nachts
wir trinken und trinken
wir schaufeln ein Grab in den Lüften da liegt man
nicht eng

«Das ist von Paul Celan», sagst du am Ende. Sonst sagst du nichts weiter dazu, und die Stunde geht weiter. Die

Stunde geht weiter, und der Tag. Der Tag geht weiter, und später kommt die Nacht. Der Tag macht dann Feierabend. Ich warte, bis die Zeit vergeht, aber ich weiß nicht, worauf ich warte.

Am Mittwoch bringst du Herrn Drehmann mit in die Klasse. Herr Drehmann ist der Vertrauenslehrer unserer Schule. Klassenlehrer ist er auch, aber wir haben ihn nur in Bio zweimal die Woche. Irgendwas hat da mit der Rollenverteilung nicht geklappt. Niemand an der Schule vertraut Herrn Drehmann.

Herr Drehmann kann nicht gut reden. Herr Drehmann teilt mit. Er ist eine Mitteilungsmaschine, die sich viel Mühe gibt. Herr Drehmann teilt uns mit, dass die diesjährige Studienfahrt nicht wie jedes Jahr in die Toskana geht. Wir fahren nach Polen, teilt uns Herr Drehmann mit. Krakau, Katowice. Er setzt ein Komma zwischen Krakau und Katowice. Hinter Katowice setzt er einen Punkt. Dann sagt er das: Auschwitz.

Die Ersten beginnen sich zu beschweren.

«Wir wollen in die Sonne», sagt F.

«Italien! Eis!», ruft L.

«Du willst doch nur italienische Jungs», kontert A.

«Toskana, Toskana!»

«Nicht schon wieder dieser Holocaust-Scheiß», sagt D.

«Fahren wir Zug oder Bus?», fragt J.

«Herr Spitzing hier als euer Deutsch- und Geschichtslehrer wird euch auf diese Reise vorbereiten. Es war ihm nämlich ein spezielles Anliegen, diese Reise mit euch zu machen. Das wird sicherlich ganz bewegend für uns alle», teilt Herr Drehmann uns mit.

«So schlimm?», willst du wissen, nachdem Herr Drehmann wieder gegangen ist.

Da sagt niemand mehr etwas.

«Nicht schlimm», murmelt D.

Du schreibst «Italien» an die Tafel. Wir schreiben fünf Minuten lang drauflos. Ich habe beinahe schon aufgehört, dich zu vermissen.

Am Donnerstag haben wir Geschichte.

«Ich werde euch übrigens nicht vorbereiten. Auf das Thema. Ich werde euch nicht zwingen, Anne Franks Tagebuch zu lesen. Oder ‹Andorra›. Oder ‹Nathan der Weise›. Oder ‹Mein Leben› von Reich-Ranicki. Wir schauen uns auch keine Bilder von Konzentrationslagern an. Wir fahren einfach hin.»

«Und dann?»

«Dann fühlt ihr. Und dann sehen wir weiter.»

Es ist immer diese Stille im Raum, wenn du sprichst.

Am Freitag haben wir dich nicht. Aber wir begegnen dir vor der Schule, Paul und ich. Ich weiß nicht, wo Ratte ist. Du schließt dein Fahrrad an, und du hältst in der Bewegung inne, als du uns siehst.

«Hallo!», sagst du.

«Hey», sagt Paul.

Ich sage nichts. Ich lasse Paul unser Sprachrohr sein. Paul sieht mich an, von der Seite.

«Alles klar?», fragst du.

«Ja. Und selber?», fragt Paul. Er fragt so, um das Du zu vermeiden.

«Alles bestens. Habt ihr Lust, morgen was zu machen? Und wo ist die Dritte im Bunde?»

Wir sitzen vor deinem Haus. Wir haben dich abgeholt. Jetzt wissen wir nicht weiter. «Wir könnten auch einfach einen Kaffee trinken. Wie normale Leute. Ihr müsst immer was Außergewöhnliches machen, was?», sagst du. Du sagst es, aber du schlägst es nicht vor. Das will ich nicht glauben, dass du so was vorschlagen könntest. «Oder ein Spaziergang oder so.»

«Es ist kalt», sagt Paul lustlos. «Und langweilig.»

«Also, was dann?», fragst du.

Es ist ein Samstag. Die Samstage sind jetzt Tage mit dir, also lebe ich so: von Samstag zu Samstag. Ich zähle sie.

«Sagt mal jeder ein Wort», sagt Paul.

«Irgendein Wort?», fragst du.

«Leben», sagt Ratte.

«Tod», kontere ich.

«Na, wenn ihr schon dabei seid, sage ich mal Massenmord», sagst du.

«Wie kommst du denn auf Massenmord?», fragt Paul.

«Ich hab eine Idee», sage ich.

«Okay», sagt Paul.

Ich stehe auf, um mein Fahrrad zu nehmen. Keiner fragt, wohin.

Ein Grab ist kein Ort, kein Ding und kein Dazwischen. Ein Grab ist auch kein Schmerz, nur eine Erinnerung daran. Ein Grab ist, wo man sich schuldig fühlt, weil das Leben dann doch noch weitergeht. Am Grab meiner Mutter steht kein Kreuz. Der Stein ist dunkelgrau, und er ist mit Moos bewachsen, mein Papa sagt: «Das müsste man doch mal …» Er hat ein schlechtes Gewissen, aber er beendet den Satz nie, und er beendet ihn nie, weil ich ihn jedes Mal unterbreche: «Ich finde das schön, genau so.»

«Meinst du?»

«Ja.»

«Aber es ist doch …» Diesen Satz beendet er auch nicht. Aber diesmal ohne meine Hilfe.

Mein Papa und ich, wir gehen immer zusammen zum Friedhof. Zum Grab, zum Stein, an den Ort, wo wir meine Mutter nicht finden. Jedes Mal darf einer von uns ihr eine Geschichte erzählen. Sie hört nicht zu. Die Geschichte ist für sie, und sie ist für mich, und sie ist für Papa. Sie ist, damit wir eine Familie sind. Sie ist ein Versuch zu glauben.

Die Regeln gehen so: Es darf bei jedem Besuch immer nur einer von uns erzählen. Immer im Wechsel, und man darf nicht sagen, oh, heute fällt mir nichts Gutes ein, du bist wieder dran. Der andere darf nicht unterbrechen, darf nicht kommentieren und auch keinen Bezug auf die Geschichte nehmen, nachdem wir den Friedhof verlassen haben. Die Geschichte ist für meine Mutter, sie ist für Papas Frau, und beides wird sie für immer bleiben, obwohl sie seit so vielen Jahren tot ist. Die Geschichte muss wahr sein, aber sie darf banal sein. Manchmal mache ich mir einen Spaß daraus und erzähle von einem stinklangweiligen, ereignislosen Supermarktbesuch. Ich ärgere meine Eltern, Teenager halt. Einer meiner Eltern liegt in dem Grab, an dem ich das tue.

Meine Mutter ist im Schlaf gestorben. Hirnschlag. Ein Schlag im Kopf. Bum. So stellte ich mir das als Kind vor: Bum. Eine Faust, die ins Hirn schlägt. Und tot. Sie ist ins Bett gegangen, und sie hat meinem Papa eine gute Nacht gewünscht. Sie hat im Bett gelesen. Mich hatte sie vorher noch schlafen gebracht. Es war nichts. Es passiert selten, aber es passiert, sagen die Ärzte. Deshalb heißt meine größte Angst: selten.

Jetzt holt Ratte mich auf dem Fahrrad ein. Dafür verlässt sie den Fahrradweg und holt auf dem Fußweg auf. Eine Frau schimpft. «Ja, ja, schlimm, diese Jugend!», sagt Ratte daraufhin, und sie sorgt dafür, dass die Frau es hört.

«Zum Friedhof?», fragt sie.

Ich sage nichts. Aber ich trete noch fester in die Pedale. Ratte auch.

«Du hast uns noch nie mit zum Friedhof genommen», sagt Ratte. Dann fädelt sie wieder auf dem Fahrradweg hinter mir ein.

Meine andere Angst ist die: dass es mich nicht gibt. Einmal, es muss drei, vier Monate nach dem Tod meiner Mutter gewesen sein, ich hatte da bereits Astrid, stand ich nachts auf, um auf die Toilette zu gehen, und sah Licht in der Küche brennen. Ich tapste hin, rieb mir die

Augen, und erst mitten in dieser Bewegung fiel mir ein, dass meine Mutter nicht mehr lebte. Im Tapsen, das sich erst nach ein paar Schritten zum Laufen entwickelte, im Augenreiben, hatte ich mich noch verschlafen gefragt, wer da in der Küche sitzt. Mama oder Papa. Meine Mutter war gestorben und hatte mir das Oder genommen. Ich fing an zu weinen. Mein Papa blickte auf, als er mich hörte, aber er blickte langsam auf. Er hob den Kopf, als wäre das eine anstrengende Bewegung. In seinem Gesicht sah ich Tränen, sie glitzerten im Licht der Küchenlampe. Er blieb dann sitzen. Er sprang nicht auf, und er lief mir nicht entgegen, um mich zu trösten. Wenn es dich nicht gäbe, sagte er, und er schüttelte, immer noch langsam, den Kopf. Ich blieb kurz stehen, dann drehte ich mich um und verließ die Küche. Ich vergaß, auf die Toilette zu gehen, ich glaube, ich weinte mich in den Schlaf. Es ging bei dem Weinen nicht um das Oder. Astrid machte in ihrem Käfig ungewöhnlich viel Lärm. Es klapperte immerzu etwas.

Die Fahrräder schließen wir vorne am Eingang an.

«Blumen?», fragt Paul und zeigt auf den Blumenladen gegenüber vom Friedhof.

«Nee», sage ich.

Wir laufen über den Friedhof. Die Wege sind mit den Resten des Herbstlaubs bedeckt. Das hätte so ein Friedhof gar nicht nötig, dieses Stück Traurigkeit extra. Ich gehe voran, und die anderen laufen mir hinterher.

«Darf ich vorstellen?», sage ich. «Das ist meine Mutter.»

Und ihr sagt alle hallo. Wir stehen dann um den

dunklen Stein herum, starren auf den Namen meiner Mutter, Anna-Marie, und die Idee, euch hierher zu führen, kommt mir plötzlich dämlich vor, dämlich und banal. Und jetzt?

Mir fällt nichts ein.

«Du hast uns noch nie hierher mitgenommen», sagt Paul.

«Ja.»

«Wie alt warst du?», fragst du, weil Ratte und Paul alles über mich wissen.

«Kurz vor meinem achten Geburtstag.»

«Anna-Marie Dobel, geliebte Frau, geliebte Mutter», liest du vor.

«Du bleibst in uns für immer», mache ich weiter. Es ist, als ob der Satz nur Papa und mir gehört.

«Das ist schön», sagt Ratte.

«Ich mag Friedhöfe», sagst du später.

«Warum?»

«Sie sind ehrlich.»

Ich glaube, ehrlich ist in deinen Augen das größte Kompliment.

«Sie erzählen Geschichte und alles dazwischen», fügst du hinzu.

«Was denn dazwischen?»

«Alles, was Geschichte nicht mehr erzählen kann. Deshalb will ich mit euch nach Polen.»

«Nach Polen?»

«Auf meinem Grab soll mal stehen: Gut, dass er von uns gegangen ist», sagt Paul.

«Das würden deine Eltern nie draufschreiben!»

«Dann müsst ihr es tun.»

«Du musst ein Testament machen. Wo du festhältst, dass wir für die Inschrift auf deinem Grab zuständig sind. Und dass deine Eltern da nichts zu sagen haben.»

«Oder die Frau, mit der du dann verheiratet bist.»

«Heiratest du mal?»

Er gibt keine Antwort.

«Ich will gar kein Grab. Ich will, dass meine Asche verstreut wird», sagst du.

«Und wo?»

«Weiß nicht. Ich habe ihn noch nie gesehen, diesen Ort.»

Dazu gibt es nichts weiter zu sagen.

«Ich hab ja auch noch gar nicht vor zu sterben. Also muss ich das auch noch nicht entscheiden», fügst du in die Stille hinein hinzu.

«Ich will hier begraben werden», erkläre ich.

«Ich hab irgendwie noch gar keine Ahnung», sagt Ratte, und das ist verdammt ehrlich.

«Mama, das sind übrigens Ratte, Paul und Johnny», stelle ich vor.

«Glaubst du, sie würde uns mögen?»

«Bestimmt», antworte ich, so aus dem Moment heraus, aber in Wirklichkeit habe ich keine Ahnung. Ich war, wie gesagt, noch ein Kind. Was weiß ich schon von meiner Mutter.

«Redest du manchmal mit ihr?»

Ich erzähle ihnen von unserem Ritual.

«Und hört sie dir zu?»

«Ich glaube nicht. Ich habe kein Gefühl dafür.»

«Und was würdest du ihr heute erzählen?»

Von dir. Wie es ist, auf den Treppenstufen vor deinem Haus zu warten, bis du herunterkommst. Wie du hallo sagst und wie jeder von uns es sich nicht nehmen lässt zu antworten: «Hey Johnny.»

Und wie du daraufhin grinst. Wie du riechst, es ist nur eine kurze Ahnung. Wie du manchmal zu mir schaust, und wie sehr ich mir wünsche, dass es ein Zu-mir-Blicken ist. Und dass ich nicht immer zwischen Leben und Traum unterscheiden kann.

«Ich würde von euch erzählen.»

«Und was?»

«Wer ihr so seid.»

«Und wer sind wir?»

Rattes Handy klingelt, sie holt es aus der Tasche, wirft einen Blick darauf, zögert kurz und drückt dann den Anrufer weg. Du greifst in deinen beigefarbenen Rucksack, holst einen kleinen Notizblock hervor, und reißt ein paar Blätter heraus. Du fragst: «Habt ihr Stifte dabei, zufällig?»

Haben wir. Du gibst jedem von uns ein Blatt und fragst, ob wir die Klagemauer kennen. Kennen wir.

«Lasst uns doch jeder ein paar Zeilen für Anna-Marie schreiben», schlägst du vor. «Irgendwas Persönliches. Nur ein paar Zeilen. Und die legen wir dann aufs Grab. Aber ohne sie uns gegenseitig vorzulesen.»

Mama, hast du den großen Dunkelhaarigen gesehen? Den mag ich, und du bist nicht da, um mir was Kluges zu sagen. So einen Mutter-Tochter-Rat. Mama, wie findest du den?

Ich glaube, so spricht man mit Müttern. Ratte ist als Erste fertig, sie läuft umher und kommt mit einem großen Stein zurück. Wir falten alle unsere Zettel und legen sie neben dem Grabstein auf die Erde. Ratte setzt den Stein obendrauf, und wir klatschen uns Staub und Erde von den Händen. All das vollführen wir schweigend, als wäre es ein Ritual. Dann gehen wir.

«Können wir jetzt einen Kaffee trinken wie normale Leute?», fragst du. «Es ist kalt.»

Also gehen wir einen Kaffee trinken wie normale Leute. Das ist einer der guten Tage.

Ich warte bis nach dem Abendessen. Draußen ist es schon dunkel. Dann ziehe ich meine Winterjacke an und eine Mütze und schwinge mich noch einmal aufs Fahrrad. Wind weht, Finger frieren. Ich habe keine Handschuhe. Handschuhe fühlen sich an als hätte ich ein Gefängnis um die Finger. Ein Friedhof ist gruselig in der Nacht. Ich habe Papas Taschenlampe eingesteckt. Ich weiß nicht, was ich hoffen soll: dass auf dem Friedhof keiner ist. Oder dass da jemand ist, dann bin ich nicht alleine.

Auf dem Friedhof ist niemand, aber natürlich glaube ich, jemanden zu hören. Es raschelt, das ist der Wind, das sind die Bäume, aber ich denke an Gruselfilme, in denen die Toten wiederauferstehen. Tote rascheln. Ich renne. Ich leuchte mir den Weg mit der Taschenlampe. Ein Lichtkegel, sagt man, aber das Licht ist eher ein breiter Streifen. Ich renne dem Lichtstreifen hinterher.

Einmal lesen und wieder zurück. Vielleicht abfotografieren. Einmal lesen und zurück, und der Lichtkegel ist ein Streifen.

Ich werfe das Licht nur auf die Wege, weil ich die Grabsteine im Taschenlampenlicht nicht sehen will. Erst den meiner Mutter leuchte ich an. Anna-Marie Dobel und Du bleibst in uns für immer. Es kommt mir ewig vor, dass wir hier standen, dass du vorlast, dass ich vorlas, dass wir sprachen, dass wir schrieben. Es ist erst ein paar Stunden her, und ich weiß nicht, was mit ihr passiert, mit dieser Zeit. Ich leuchte hinunter, an der Steinplatte entlang und gehe in die Knie.

Da liegt der große Stein, den Ratte gefunden hat. Er liegt immer noch an derselben Stelle. Unter dem Stein liegt nichts. Nichts.

Ich renne zurück, aber meine Gedanken rennen schneller. Nicht der Wind, nein, nicht der Wind, und der Stein war an derselben Stelle. Wer denn, werde ich jetzt verrückt? Aber es raschelt nicht mehr so sehr, und ich glaube auch nicht mehr, dass hier jemand außer mir ist. Das ist ein ganz normaler städtischer Friedhof.

Ich bremse scharf vor Rattes Haus und rufe sie an. Es ist 20 Uhr 34.

«Hey», sagt Ratte. «Was gibt's?» Sie klingt manchmal so am Telefon. Schneidend. Dass ich am liebsten auflegen würde, noch bevor ich weiß, was ich sagen will.

«Kommst du mal runter, eine rauchen mit mir?»

«Wo bist du denn?»

«Vor deinem Haus.»

«Warum?»

«Weil ich mit dir eine rauchen möchte.»

«Aber warum?»

«Einfach so. Brauche ich eine Begründung?»

«Ich bin grad nicht zu Hause. Ich bin unterwegs.»

Ratte zögert.

«Unterwegs? Wo denn?»

«Einfach aus. Nicht wichtig. Ist irgendwas passiert?»

Ist irgendwas passiert. Ich verabschiede mich von Ratte und wünsche ihr noch einen schönen Abend. Ich gebe mir Mühe, nicht eingeschnappt zu klingen, und scheitere daran. Ich lege als Erste auf.

«Hey!»

«Hey! Kommst du mal runter, auf eine Zigarette?»

«Jetzt?»

«Ja.»

«Bist du schon da?»

«Ja, ich stehe vor deinem Haus.»

Paul kommt zwei Minuten später herunter, er trägt seine Hausschuhe, schwarze Birkenstock und den grauen Hoodie von heute Mittag. Auf dem Hoodie sind Flecken. Als hätte er Eis gegessen, oder Joghurt.

«Ist irgendwas?», fragt Paul und nimmt mir die Zigarettenpackung aus der Hand.

«Nee, warum muss denn immer was sein?»

Ich nehme ein paar Züge, ohne etwas zu sagen, dann erzähle ich ihm von Ratte.

Paul zuckt mit den Schultern.

«Vielleicht war sie mit ihren Musikleuten unterwegs oder so.»

«Du findest das also nicht strange?»

«Nicht so richtig.»

«Hmm.»

«Und was hast du heute Abend gemacht?»

«Nichts.»

«Nichts?»

«Gegessen. Gelesen. Ferngesehen. Ich bin grad mitten in einem Film, um genau zu sein.»

Ich frage nicht, in welchem.

Die Zigaretten treten wir auf dem Boden aus.

«Ist kalt, so ohne Jacke», sagt Paul und schüttelt sich. «Magst du noch mit raufkommen? Wir könnten was gucken, zusammen.»

«Nee, ich glaub, ich fahre wieder heim.»

«Okay.»

«Okay.»

Ich gehe zu meinem Fahrrad.

«Alex? ist wirklich alles in Ordnung?»

«Ja.»

Ich setze mich aufs Fahrrad, aber ich traue mich nicht, zu dir zu fahren.

Ein Sonntag. Einer, an dem sich die Kälte langsam wieder verzieht. Wir liegen auf dem Teppich in Rattes Zimmer. Wir hören Coldplay.

And high up above or down below
When you're too in love to let it go
But if you never try you'll never know
Just what you're worth

Wir haben die Jalousien zugezogen, und wir haben nichts vor, und den Tag wollen wir nicht wissen. Es ist ein Sonntag, es ist ein Tag ohne Du, und wir wollen so tun, als hätten die Wochentage keine Bedeutung. Paul treibt sich auf einem Bücherflohmarkt herum. Er wird jeder von uns ein Buch mitbringen. Beide Bücher werden eine Bedeutung haben. In letzter Zeit waren es oft Lyrikbände, die er für mich anschleppte. Für Ratte alte Comics. Wir bedanken uns träge. Wir könnten rausgehen, es wird wieder wärmer, es wird wieder grüner, wir könnten feiern, dass der Winter überstanden ist. Noch so ein Winter. Das war der Winter mit dir. Wir könnten, aber wir bleiben liegen. Ich trage am rechten Fuß eine weiß-blau geringelte Socke und am linken eine, die ist nur orange. Ich wackele mit den Zehen.

Ratte klaut Socken für mich. Sie klaut sonst nicht viel, aber sagt dann: «Hier, zum Mischen.»

Rattes Handy vibriert. Es liegt neben mir, also greife ich danach. Ich greife danach, um es Ratte zu geben, aber sie dreht sich um und springt abrupt auf. Sie will mir das Handy aus der Hand reißen, also springe ich auch auf und halte es in die Höhe. Ich bin größer als Ratte.

«Was denn? Was ist denn jetzt plötzlich?»

«Nix. Gib mir mein Telefon.»

«Was? Was hast du zu verbergen? Von wem ist denn die Nachricht? Ein geheimer Verehrer?»

«Geht dich nichts an. Gib mir mein Telefon zurück!»

Ich drehe mich mit dem Rücken zu ihr. Geht dich nichts an. Das hat sie noch nie zu mir gesagt.

«Du fehlst», lese ich auf Rattes Display.

Mein Gehirn reagiert nur langsam. Ich habe gar nicht gewusst, dass Ratte S. Nummer gespeichert hat. Ich habe gar nichts gewusst. Ich fange an zu denken.

«Die ist von S.», sage ich und drehe mich wieder zu Ratte um. Ratte reißt mir das Telefon förmlich aus der Hand.

«Was denn? S.?»

Ratte steckt das Handy in ihre Hosentasche. Dann bleibt sie stehen. Als wüsste sie nicht, wohin. Dabei ist es ihr Zimmer.

«Du fehlst. Im Ernst?»

«Ich muss eine rauchen», sagt Ratte. Sie nimmt ihre Zigaretten vom Tisch, öffnet das Fenster und springt aufs Fensterbrett. Im Zimmer ist es sofort eiskalt. Von ihrem Vater wird es fürs Zu-Hause-Rauchen später Ärger geben.

«Ich will auch eine», sage ich. Sie hält mir die Zigarettenpackung hin.

«Hey», sage ich.

«Sorry», sage ich.

«Ist okay.»

«Ja?»

«Ja.»

Wir schweigen eine Zigarette lang.

«Willst du es mir jetzt sagen? Was mit euch ist?»

Ratte starrt auf ihre Socken. Sie sind schwarz, und vorne am rechten großen Zeh beginnt ein Loch sich auszubreiten. Das stelle ich liebevoll fest. Dann starrt Ratte noch eine Weile aus dem Fenster. Ich weiß.

«Im Ernst? S. und du?»

Ratte hatte schon früher was mit Mädchen gehabt. Früher heißt vor uns. Dass es ein Mädchen ist, ist nicht das Problem. In unserer Zeit hatte Ratte mit niemandem was gehabt, mit anderen Worten hatte Ratte uns gehört, sie hatte uns gehört, uns gepflegt, uns herausgefordert, uns geliebt, uns gewollt. Sie war das Wir in Uns gewesen.

«Die ist doch unter deinem Niveau», sage ich.

«Du kennst sie doch gar nicht richtig.» Das faucht Ratte.

Wir hören dann noch eine Weile Musik, ohne etwas zu sagen.

Irgendwann klingelt es an der Tür, und Ratte sagt: «Das ist bestimmt Paul!»

Wir sind beide dankbar, glaube ich. Ratte erzählt es ihm gleich, sie sagt, sie sei ihm das schuldig, aber sie nennt dieses «Das» nicht Wahrheit. Wir liegen jetzt alle drei auf dem Teppich und starren an die Decke. Heute liegt Paul in der Mitte. Ratte lächelt, während sie erzählt. Ich kann das Lächeln nicht sehen, es aber umso lauter hören.

Ratte sagt, es sei anders, mit S. sei es anders. Anders als mit anderen, anders als Liebe eigentlich ist, anders als mit Jungs, und Paul fragt: «Wie denn, anders?»

«Anders eben.»

«Man muss das glauben, wenn man liebt», sage ich. «Sonst stürzt doch das ganze Konzept der Liebe zusammen.» Alltäglichkeiten, an denen man festhält, als wären sie besondere Momente. Liebe, in Berührungen verpackt, und man gibt ihnen eine Bedeutung, wie man Zucker in den Kaffee gibt. Fragen, die man sich nicht stellt, damit der Moment andauert. Das erkläre ich ihr.

«Halt die Klappe», sagt Paul da zu mir.

«In S.?», fragt er dann.

«In S.»

«In S.», wiederholt er.

«In S.?», sage ich und lege Abfälligkeit in diesen Namen.

Ich sage nichts weiter. Ich sage kein einziges Wort. Das Wort wäre dein Name gewesen. Es wäre ein simples Ich auch. Ratte hätte meine Hand genommen. Paul hätte etwas Schlaues gesagt. Ich hätte meinen Kopf auf Rattes Bauch gelegt. Alles wäre gewesen, und wir wären wieder zu dritt.

Ich sage kein Wort, aber trotzdem zu viel, als Ratte tief seufzt: «Dann sag's doch. Was hast du denn gegen S.?»

«Die ist oberflächlich. Sie redet, um sich selbst reden zu hören, und was sie sagt, ist nicht besonders klug. Wie gesagt, die ist nicht dein Niveau.»

Paul legt seine Hand auf meinen Unterarm, die Fingernägel sind wie immer ordentlich geschnitten und wie immer etwas zu lang für einen Jungen. Ich schiebe seine Hand unwirsch beiseite. Fass mich nicht an.

«Was denn? Wir sind doch immer ehrlich zueinander. Was soll ich denn jetzt sagen? Dass ich mich für sie freue? Ist das hier einer dieser beknackten Hollywood-Filme über Freundschaft?»

«Alex, halt doch mal die Klappe», sagt Paul.

Es fühlt sich an, als wäre alles jetzt schon zu Ende, am Anfang schon. Wir: Ratte, Paul und ich, und wir: du und ich.

«Weißt du was, ich würde dich jetzt bitten zu gehen. Das mit uns wird heute, glaube ich, nix mehr.» Ratte kann das sein, knallhart. Eiskalt. Beides zusammen. Ihre Stimme ist dann gemein.

Von Ratte bis zu dir sind es mit dem Fahrrad vierzehn Minuten. Ich klingele. Jeder Treppenabschnitt hat dreizehn Treppenstufen, das zähle ich mit, und ich komme verschwitzt oben an. Irgendwo liegen Ratte und Paul auf dem Teppich und hören vielleicht weiterhin Musik. Sie reden nicht über mich, sie sind beide feine Menschen.

«Hallo», sagst du, aber da ist keine Freude in deiner Stimme, und ich habe keine Antwort parat. Du trägst eine Jeans, keine Socken und ein graues T-Shirt, auf dem der Kopf eines Mannes zu sehen ist, und darunter steht Ben Folds.

«Hey», sage ich. Dein Blick stellt Fragen. Du hast deine Arme verschränkt. Freude sieht anders aus, aber was habe ich mir gedacht. Gedacht, gehofft, geträumt, ist alles dasselbe. «Hab mich mit Ratte verkracht. Und damit wohl auch mit Paul. Sie hat mich rausgeschmissen, um genau zu sein.» Den letzten Satz füge ich hinzu, um der Sache Nachdruck zu verleihen.

«Die heilige Dreieinigkeit bekommt einen Riss,» sagst du spöttisch. Dann machst du die Tür auf. Langsam. Das andere Wort wäre: Zögernd. Ich gehe hinein. Ich marschiere.

Ich sitze auf deiner Couch. Im Schneidersitz. Wir sprechen nicht viel. Ben Folds ist der Sänger von Ben Folds Five, erklärst du mir. Die hören wir jetzt.

She's a brick and I'm drowning slowly
Off the coast and I'm headed nowhere
She's a brick and I'm drowning slowly
Ben Folds Five

Ich weiß nicht, was das bedeutet, she's a brick.

Und ich weiß nicht, was das bedeutet, dass ich hier auf deiner Couch sitze. Auf dem Couchtisch steht eine Flasche Wein. Daneben ein halbvolles Glas. Das nehme ich, ohne zu fragen, und dann nehme ich daraus ein Schluck.

Du beobachtest mich, und um deiner Beobachtung

zu entgehen, sage ich: «Das brauche ich jetzt», und weil du nichts sagst und du diesen Blick hast, den, den man niemals milde nennen würde, sage ich: «Der ist gut», und um noch etwas zu sagen, frage ich: «Weißt du das, warum man das sagt, dass ein Wein fußt? Fußt der hier?»

«Nein», sagst du. «Ich weiß nicht, ob das so eine gute Idee ist, der Wein», sagst du auch noch.

Darauf nehme ich noch einen Schluck.

Du schüttelst den Kopf, beinahe wie ein Lehrer.

Ich sitze auf deiner Couch und trinke Wein und höre Musik und frage mich, ob die Tatsache, dass ich die Band, die wir da hören, nicht kannte, unserem Altersunterschied geschuldet ist, und ob du vielleicht gerade dasselbe denkst. Der Wein ist rot. Du trinkst keinen, ich hab ja dein Glas. Ich trinke, wegen Ratte und Paul, und auch wegen dir, und auch, weil ich nicht diese Unsicherheit spüren möchte, und auch nicht das andere, dieses Unglück, diese Einsamkeit, oder was das ist.

«Warum bist du hergekommen?», fragst du. Du lümmelst in deinem Sitzsack herum. Der Sitzsack war ein Geschenk, hast du uns bei unserem ersten Besuch erzählt.

«Warum?», hatte Paul beim letzten Mal gefragt. «Was ist das denn für ein Geschenk? Wer schenkt einem so was?»

«Das hat eine Vorgeschichte», sagtest du. «Eine Art Insider.»

«Und wer?», wollte ich wissen. Das wollte ich wirklich wissen.

«Niemand, der noch eine Rolle spielt», sagtest du. Du sagtest, ich solle keine Fragen mehr stellen. Du sagtest Alexandra, als du mich darum batest.

«Ratte hat mich rausgeschmissen. Da bin ich aufs Fahrrad gestiegen und bin losgeradelt und bin bei dir gelandet.»

«Bei mir gelandet.» Du betonst das «gelandet», und du stellst das fest, und du stellst keine Fragen.

Wenn ich jetzt aufstehen und zur Tür laufen würde, so wären das schätzungsweise zwölf Schritte. Wenn ich sitzen bleiben würde, vielleicht auf ewig. Wenn ich mein Weinglas auf dem Tisch abstelle, dann stelle ich es zwischen Bücher und Zeitschriften, dann stelle ich nicht die Frage, ob es dich stört, dass ich bei dir gelandet bin, dann stelle ich nichts fest. Wenn ich dich anschaue, schaust du nicht zurück.

Wir schweigen, minutenlang. Im Schweigen kommt Ruhe über mich und Müdigkeit. Der Wein macht sich bemerkbar. Glaube ich. Es macht nichts, dass wir schweigen, es macht nichts, dass ich bei dir gelandet bin. Es macht nichts, dass ich eine Ahnung habe, und du diese Ahnung nicht hören willst, es macht nichts, dass meine Freunde mich gerade nicht mögen, und dass es sonst niemanden gibt, der mich mag. Es macht nichts, dass das Fenster offen steht. Obwohl ich vom Luftzug Gänsehaut bekomme. Du siehst das, aber es macht nichts, dass du kein Wort sagst. Dass du mich nicht fragst, ob du das Fenster schließen sollst, obwohl du mich frieren siehst. Dass du sitzt, und ich sitze, und dass alles anders ist.

Ich nehme das Weinglas wieder in die Hand und nippe daran. Ich habe heute so gut wie gar nichts gegessen. Ich glaube, das macht man so, wenn das Leben so ist wie heute.

«Warum hast du eigentlich nirgendwo Lampen? Nur Glühbirnen?», frage ich.

Du guckst zur Decke, erstaunt.

«Ach so. Habe ich mich noch nicht drum gekümmert.»

«Wie lange lebst du denn schon in der Wohnung?»

«Zwei Jahre.» Du wechselst das Thema: «Warum hat Ratte dich denn rausgeschmissen?»

«Weil.»

«Weil.»

«Weil.»

«Ist auch mal eine Antwort.» Du nimmst das leere Weinglas, schenkst Wein ein, nimmst jetzt selbst einen Schluck und stellst das Glas wieder ab, behutsam.

«Sie hat sich verliebt.»

«Und?»

Du lachst. Zum ersten Mal heute Abend lachst du, und es ist ein herrliches Lachen, auch wenn es mich verlacht.

«Nix und.»

«Das passt dir nicht?»

«Nee. Es ist nicht, dass es mir nicht passt. Es ist …»

«Dass du eifersüchtig bist.»

«Nein.»

«Nein?»

«Ja.»

Das Ja steht dann so im Raum. Der Raum ist dein Wohnzimmer, an den Wänden hängen Bilder, Bücherstapel auf dem Boden, Kletterhaken an der Decke. Du bist ein Kletterer, hast du uns erzählt. Du hast uns versprochen, uns im Sommer mal mitzunehmen, das schien mir noch so ewig weit weg. Sommer. Ich weiß nicht, seitdem ist das Wir fragil geworden. Ich weiß nicht, ich weiß nicht so viel. Ich sitze in deinem Wohnzimmer, und die anderen beiden, das sind zwei von drei, aber wenn man uns alle zusammenzählt, dann sind wir nicht vier. Das ist die alte mathematische Weisheit: dass eins und eins nicht immer zwei ergibt. Was ergibt drei minus eins?

Da fange ich an zu reden. Und ich erzähle dir, von allem.

Weißt du, als ich klein war, sagte meine Mutter, ich sei ein Engel. So einer, der auf die Erde gekommen ist, um die Menschen daran zu erinnern, dass es sich lohnt zu lächeln. Das hat sie immer wieder gesagt, aber ich hab damals schon, schon als kleines Kind, gedacht, dass das nicht stimmen kann. Mehr gefühlt als gedacht. Ich dachte es, aber ich sagte es ihr nicht, weil uns das beiden so gut gefiel: dass ich ein Engel war, der auf die Erde gekommen ist, um die Menschen daran zu erinnern, dass es sich lohnt zu lächeln.

Ist klar, dass meine Mutter gelogen hat.

Meine Mutter starb ein paar Jahre nachdem sie das mit dem Engel gesagt hatte, aber das klingt tragischer, als es ist. Ich war sieben, gerade noch. Sie starb im Schlaf, habe ich dir das schon mal erzählt. Eine dieser Geschichten, über die Bücher für Jugendliche geschrieben werden, die man später in der Schule liest. Damit man nachdenkt über den Tod. Oder die verfilmt werden, und das Halbwaisenmädchen wird dann in Großaufnahme gezeigt, wie es ihren Teddy an die Brust drückt, oder wie ihr eine Träne über die Wange läuft, oder so was, und bei der Beerdigung regnet es selbstverständlich. Die Zuschauer heulen dann. Frauen schluchzen laut. Ich schaue bei so einem Scheiß immer weg.

Klar war ich traurig, als meine Mutter starb. So traurig, dass ich es niemandem sagte.

Der Mensch ist ja ein Gewohnheitstier, und irgendwann habe ich mich daran gewöhnt. Ich war die ohne Mutter. In meiner Klasse gab es den Jungen mit dem zugeklebten Auge, er hatte ständig irgendwelche Operationen. Und das Mädchen mit den abstehenden Ohren. Und eine hatte echt sechs Zehen. Und ich war die, deren Mutter gestorben war im Schlaf. Ich weiß noch, wie sie mir am Anfang über den Kopf streichelten und mitten in der Bewegung die Hand wegnahmen, weil ihnen einfiel, dass das Mitleid war, und Mitleid nicht gut für mich sein sollte. Irgendwann war ich acht. Da schenkte mir mein Papa Astrid.

Du streckst deine Beine aus, während ich so erzähle. Du streckst sie aus und legst die Füße auf den Tisch, deine nackten Füße.

Wusstest du, dass Papageien monomorphe Vögel

sind? Das heißt, sie haben äußerlich keine eindeutigen geschlechtlichen Merkmale, sodass mit dem bloßen Auge sehr schwer zu bestimmen ist, ob ein Vogel ein Männchen oder ein Weibchen ist. Man muss eine Blut- oder eine Federprobe nehmen, oder man kann es endoskopisch herausfinden, dann führt man so einen Schlauch in die Tiere ein, während sie betäubt sind; aber man kann es nicht von außen sehen. Astrid ist eine Sie, aber das habe ich nur so beschlossen. Wir haben sie nie untersuchen lassen, mein Papa und ich.

Ich hatte nie viele Freunde. Meine beste Freundin aus der Grundschulzeit zog nach China. Später schleppte ich mich so durch und gehörte zu verschiedenen Grüppchen, und ich wusste nie, ob sie mich nur duldeten oder wirklich mochten. Es ist, als hätte ich mein ganzes Leben auf Ratte und Paul gewartet. Als müssten sie sein. Weißt du, wie das ist?

Ich strecke meine Beine aus, während ich so erzähle. Ich strecke sie aus und lege meine Füße auf den Tisch. Eine Socke ist orange und eine ist blau-weiß geringelt.

Erst kam Paul. Es war übrigens ein Referat in Geschichte. Herr Jäckel sagte, wir sollten uns zusammentun, Paul und ich. Der Sturm auf die Bastille. Wir hatten uns bei mir zum Vorbereiten verabredet. Paul hatte versprochen, Bücher mitzubringen, und ich hatte gedacht, dieser Streber. Die Bücher hat er in einer Stofftasche mitgebracht.

I can't come if I can't bring my book, stand auf der Tasche. Aus der Tasche hatte er eine CD gezogen.

And you who were bewildered by a meaning
Whose code was broken, crucifix uncrossed
Say goodbye to Alexandra leaving
Then say goodbye to Alexandra lost

Leonard Cohen / Sharon Robinson

Ratte hatte nicht viele Worte gebraucht. Eines Tages war sie in der Klasse aufgetaucht. Zwei Tage später stellte sie sich im Schulhof zu uns. Sie hatte eine Tüte Gummibärchen in den Händen.

«Wollt ihr?», hatte Ratte gefragt.

«Danke», hatte Paul gesagt.

«Warum fragst du?», hatte ich wissen wollen und mir eine Handvoll genommen.

«Weil ich euch kennenlernen will», hatte Ratte geantwortet. Ich glaube, seitdem waren wir einfach.

Unsere Füße berühren sich, während ich so erzähle. Auf dem Tisch begegnen sie sich. Deine nackten Zehen und meine, mit den verschiedenfarbigen Socken. Sie begegnen sich wortlos.

Ein Abend, eine Stunde, ein Moment. Ein Leben, gefühlt. Sonst ist heute nichts passiert.

Ich radle nach Hause, ich trete in die Pedale. Ich freue mich an der Kälte. Meine frierenden Finger schmerzen. In den Ohren ist Musik. Ich lasse den Lenker los und strecke die Arme weit von mir und spreize die Finger. Die Bäume sind schwarz. Ich denke, die Musik erzählt mein Leben.

We're just two lost souls
Swimming in a fish bowl
Year after year
Running over the same old ground
What have we found?
The same old fears
Wish you were here.
Pink Floyd

Vor dem Gartentor sitzt Ratte. Ich sehe die Silhouette lange bevor ich sie erkenne, aber ich weiß trotzdem, wer da sitzt. Als ich sie deutlicher sehe, denke ich, Ratte sieht aus wie das kleine Mädchen mit den Schwefelhölzern aus Andersens Märchen: langer, dünner Mantel, traurig, arm und stark.

Normalerweise, wenn Ratte wütend auf mich ist, dann hört man das. Überall, bestimmt auch bei den Nachbarn, und gefühlt in der ganzen Stadt. Sie schreit, sie kommt mir zu nahe. Ihre Stimme ganz tief, und meine Angst ganz laut. Du, schreit sie, und sie schüttelt den Kopf wie eine entrüstete Mutter, oder ich stelle mir entrüstete Mütter so vor. Ich habe ja keine. Ich habe Angst davor, sie für immer zu enttäuschen. Es ist eine Ehre, Rattes Freundin zu sein, also schweige ich und versuche, mir nicht zu viel Mühe zu geben. Zu viel Mühe ist Ratte oft zu viel, sie fühlt sich dann bedrängt, ich weiß gar nicht, wovon. Wenn Ratte wütend ist, schreit Ratte erst, dann geht sie. Sie geht erst, dann kommt sie immer wieder zurück. Sie liebt uns, Paul und mich. Wenn sie geht, warte ich wie ein treudoofer Hund. Ich glaube, das ist wichtig, obwohl sie das nicht sagt.

Diesmal hat Ratte das Schreien vergessen.

Ich bremse abrupter, als es nötig gewesen wäre. Ich stütze die Füße auf den Boden, steige aber nicht vom Rad.

Ratte schweigt.

Fuck you, Ratte. Fuck you und deine Auftritte. Und alles.

«Coole Nummer. Das Bremsen und so. Wie bei James Bond, nur mit dem Fahrrad», sagte Ratte.

«Komm, lass uns reingehen, deine Hände müssen ja eiskalt sein. Du und deine Handschuhallergie», sagt Ratte. «Wo kommst denn überhaupt her? Oder will ich das gar nicht wissen.» Das fragt sie, aber sie lässt das Fragezeichen weg.

Ich schiebe mein Fahrrad in den Garten und lehne es an den Zaun. Morgen wird Papa mich schimpfen, von wegen Fahrrad abschließen, und wenn es geklaut wird, so wird er ganz sicher kein neues bezahlen und so. Ich folge Ratte zum Haus, und an der Haustür tritt sie beiseite, um mich aufsperren zu lassen. Meine Finger sind so eisig, ich bekomme den Schlüssel kaum ins Schlüsselloch.

«Gib her», sagt sie.

Sie geht schnurstracks in die Küche, ohne sich die Schuhe auszuziehen, und setzt Wasser auf. Wie sie da steht, neben dem Teekocher, und darauf wartet, dass das Wasser kocht, dass die roten digitalen Zahlen auf

100 springen, in ihrem langen schwarzen Mantel, den sie irgendwo secondhand gekauft hat.

Ratte kann das, secondhand schöne Dinge raussuchen, und ich stehe immer ratlos daneben und weiß nicht, wohin greifen, und was anschauen, und was wozu passt, also gehe ich wahllos die schwarzen Sachen durch, und wenn Ratte dann was rauszieht, etwas, das perfekt zu ihr, zu mir, zu Paul passt, dann strahlt sie. Sie kennt meine Unsicherheit in Läden. Wir sind beide nicht solche Mädchen, aber sie hat mehr Gefühl.

Wie sie da steht und heute die grauen Chucks trägt, die mit den beigefarbenen Lederschnürsenkeln, und wie sie mich nicht anblickt, und wie sie nur wartet, auf den Teekocher, die roten digitalen Zahlen sind jetzt bei 69, aber sie steht in meiner Küche, und wie das eine Antwort auf die Frage ist, die ich heute nicht gestellt habe.

Die nach der Bedeutung.

Der Teekocher piept, als das Wasser kocht. Ich setze mich an den Tisch. Ratte nimmt zwei Tassen aus dem Schrank und schenkt das dampfende Wasser ein.

«Welcher Tee?», fragt sie.

«Schwarz. Den Assam», sage ich, dann fällt mir ein: «Danke. Im Übrigen für alles.»

Ich weiß nicht, ob sie die Bedeutung von «alles» versteht.

Sie wendet mir den Rücken zu, während sie im Küchenschrank nach dem Tee kramt.

«Wo warst du denn so lange?» Aber sie dreht sich nicht um.

«Wann?», frage ich in alle Offensichtlichkeit hinein. Da dreht sie sich um.

«Alex?»

«Bei Johnny», sage ich, und ich sage es endlich.

Ratte lacht auf, es ist kein freundliches Lachen, und es ist eines, hinter das sie ein Ausrufezeichen setzt. Sie dreht sich wieder weg und hantiert mit den Teebeuteln herum. Sie gibt sich Mühe, beim Teezubereiten.

«Und mir sagt sie, ich hätte mich in die Falsche verliebt.»

Das murmelt sie, und sie stellt dabei eine Tasse vor mich, und die andere vor sich. Sie fragt, ob wir etwas Süßes haben, Kekse oder Schokolade, und ich hole Chocolate Cookies aus dem Schrank. Wir knabbern schweigend daran, sie tut mir den Gefallen.

Danke. Im Übrigen für alles.

Montags haben wir in der ersten Stunde Mathe. Ratte ist nicht da.

«Wo ist Ratte?», frage ich Paul.

«Keine Ahnung», sagt Paul und schaut nicht von dem Buch auf, das er liest.

«Wo ist S.?», frage ich und schaue mich um.

«Da hast du ja deine Antwort», sagt Paul.

«Scheiße», sage ich.

«Alex, jetzt lass sie doch mal in Ruhe!», sagt Paul und schaut nun auf von seinem Buch.

Ratte und S. stürmen zehn Minuten zu spät in den Unterricht herein. Beide haben sie rote Wangen. Das kommt von der Kälte, die man beißend nennt. Es wird langsam wärmer.

«'tschuldigung», sagt Ratte.

«So viel Verkehr», murmelt S.

«Setzen Sie sich einfach hin», sagt Herr Friedrich, der bekannt dafür ist, dass er keine Strenge kennt.

Ratte setzt sich neben mich und kramt ihr Mathezeug aus dem Rucksack hervor.

«Hey», sagt sie, aber sie schaut mich nicht an.

Nach Mathe und Latein ist große Pause, und Ratte holt unsere Brote hervor. Salami für Paul. Fougerus für mich. Den hat Ratte für mich gekauft. In ihrer Familie wird kein Stinkekäse gegessen. So sagen sie dazu: Stinkekäse. Ratte bewahrt ihn trotzdem in dem Familienkühlschrank auf, für die Schulbrote, für mich.

«Danke.»

«Lasst sie euch schmecken», sagt Ratte. Dann zuckt sie mit den Schultern. Dann zischt sie ab.

«Ist schon okay», sagt Paul.

«Wird das jetzt immer so sein?»

Paul sagt nichts.

VIER

Wir haben Kaffee in Pappbechern dabei, Wasser in Flaschen, Schorlen, Limonaden, Cola, ein paar von uns trinken Red Bull. Das sind die Coolen, das sind D. und F. und K. und R. und L., aber so nennen sie sich nicht: Das wäre uncool. Der Mensch ist ein vereinfachtes Tier. R. und T. hingegen sind Ökos, die trinken Tee aus einer Thermoskanne. Den Tee haben sie morgens aufgegossen, und sie haben Kekse, die nach nichts schmecken, mitgebracht. Kekse aus Haferflocken, die gibt's im Bioladen. An der ersten tschechischen Raststätte werden wir auf tschechisches Bier umsteigen, den Lehrern zum Trotz.

So erobern wir uns diese Reise.

Wir fahren nach Auschwitz statt in die Toskana. Tote Juden statt toter Etrusker. Das hat K. vor ein paar Tagen gesagt.

Wir sitzen im Bus, der Bus fährt Richtung Polen, wir haben noch sechs Stunden Fahrt, wir haben sechs Tage in Polen, und wir haben ein Leben vor uns. Es hat noch nichts an der Ordnung gerüttelt. Im Bus ist Schweißgeruch, der sich mit schwirrender Langeweile vermischt. Sechs Tage können sechs Wochen sein, in Büchern sagt man vielleicht, ein ganzes Leben. In meinem Leben sind sechs Tage ein Film. Von diesem Film gibt es am Ende ein Foto.

Vor mir sitzen P. und T. Auf den Sitzen gegenüber J. und L., irgendwo weiter vorne F., H., T. und K., ich glaube, zwischen uns sind mindestens sechs Reihen, aber ich höre sie bis hier hinten. Sie zocken, Doppelkopf, und einer sagt immer: «Alter, mach mal!»

Und K. sagt immer: «Das kannst du doch nicht machen!», und manchmal hängt er auch ein Alter! hinten an, «das kannst du doch nicht machen, Alter!»

Das ist die Zärtlichkeit der Jungsfreundschaft, sie lachen, und alle anderen sind ihnen egal. Ihnen ist alles egal, das ist ihre Haltung zum Leben. R. sitzt bestimmt irgendwo alleine. R. ist so fett, der braucht zwei Sitze ganz allein für sich. Ungefähr die Hälfte von uns pennt, und jeder hat Kopfhörer in den Ohren. Das ist ein Code, er sagt, wir sind jung, oder er sagt, wir brauchen niemanden; oder er sagt nichts, und wir hören einfach nur Musik. Ich weiß nicht, ob jemand aus dem Fenster guckt. Es ist kühl, der Klimaanlage wegen, und ich trage meinen schwarzen Hoodie, und die Bändel meines Hoodies sind auch schwarz, und die Metalldinger um die Löcher, in denen die Bändel stecken, von denen ich noch nicht einmal weiß, ob die einen Namen haben, die Metall-Loch-Dinger sind ebenfalls schwarz.

Ratte und S. sitzen ganz vorne, wo du sitzt, wo sonst keiner sitzen will, sie wollen ihre Ruhe haben. Vielleicht knutschen die, aber das denke ich aus Bosheit.

«Das ist was Besonderes», sagt Ratte.

«Das sagen alle», sage ich, «am Anfang. Das muss man so sagen, damit man dran glaubt.»

«Das muss man sagen, solange man dran glaubt», verbessert mich Paul.

Ratte meint, das mit ihrer Liebe ist was Besonderes, weshalb sie jeder sehen muss. Jetzt gerade muss jeder sehen, dass Ratte und S. gerade nicht zu sehen sind.

Scheißliebe.

Scheißratte.

Es war aber gar nicht groß Thema. Paul und ich, wir haben als Pressesprecher fungiert.

«Sagt mal, Ratte und S., haben die was miteinander?», oder auch, «sind das Lesben, Ratte und S.?», haben die anderen gefragt, aber es klang nicht böse. Eher interessiert.

Wir haben mit Rattes Erlaubnis bejaht. In den Pausen haben Ratte und S. geknutscht und dann auf dem Weg von Klassenraum zu Klassenraum Händchen gehalten.

Ratte ist verliebt und verwirrt, aber vielleicht bedingt das eine das andere automatisch. Du sitzt, wie immer, ganz vorn, das gehört sich für Lehrer und Referendare so. Neben mir sitzt Paul, er liest, und hinter uns sitzt niemand.

An einer Raststätte direkt hinter der tschechischen Grenze hält der Bus. Der Busfahrer tankt. Wir rauchen und stehen herum, stehen da, als wäre das eine Beschäftigung für sich. R. und T. laufen im Kreis herum und versuchen, tschechische Pokémons zu fangen. Ich habe dich nicht im Blick.

«Hast du eine Zigarette für mich?»

«Klar.»

Die Tankstelle ist grauer als die Tankstellen in Deutschland, oder ich bilde mir das so ein, weil ich es gerne so hätte: dass ich nicht nur in Tschechien bin, sondern mich auch so fühle. Dass es in Tschechien so aussieht, wie ich mir tschechisch vorstelle. Ich gehe in den Raststättenshop und kaufe mir eine tschechische Nusswaffel. Auf dem Weg nach draußen reiße ich sie auf. Sie heißt Tatranky und schmeckt wie Manner Waffeln mit Nuss.

«Kann ich probieren?»

«Klar.»

So reden wir, Ratte und ich, neuerdings. Sie in Fragen und ich in Zustimmungen, weil Verneinungen eine zu große Bedeutung erlangen können. Sie können das, wenn der andere zu entschwinden beginnt. Sie entweicht mir, oder ich habe Angst, dass sie mir entweichen könnte, und ich bin nicht bereit, den Unterschied zu sehen. Das hat mit Selbstschutz zu tun.

«Fick dich mit deinem Selbstschutz», würde Ratte sagen, Paul würde das Gesicht verziehen, und ich wüsste, jetzt wird es ernst. Daraufhin würde ich schweigen.

Vielleicht reden Ratte und ich deshalb nichts weiter. Nichts Eigentliches.

«Schmeckt ein bisschen wie Manner Waffeln, oder?»

«Ja. Ziemlich genauso.»

«War aber billiger, oder?»

«Weiß nicht. Hab nicht auf den Preis geachtet.»

So stehen wir, Ratte und ich, neuerdings. Als wäre sie fremd, so neben mir. Als hätte ich Minuten, Minuten zum Zählen, die mit ihr. Ich sehe S. nicht, und es ist gut, dass ich S. nicht sehe.

Ratte und ich knabbern tschechische Nusswaffeln, wir reden über Nusswaffelpreise, als wären wir nicht, schon immer, oder für immer, als wären wir nicht, was wir sind, Ratte und Paul und ich. Ratte und ich und Paul, aber wir haben nie eine Reihenfolge festlegen müssen. Als hätte es nicht all diese Momente gegeben, die wortlos eine Ewigkeit versprochen hatten.

Paul gesellt sich zu uns. Das macht er übrigens tatsächlich: Paul weiß nicht, wie man das tut: sich dazustellen. Also gesellt er sich zu einem, sein Kopf deutet eine Verbeugung an, er lächelt, und dabei wahrt er das, was man wahrscheinlich als Höflichkeitsabstand bezeichnet. Paul hat versucht, Polnisch zu lernen mit einer App.

«Willst du auch von der tschechischen Nusswaffel, die nach Manners schmeckt?»

«Ja, gerne.»

«Da vorne geht es nach Flossenbürg.»

«Das ist doch auch ein KZ, oder?»

«Ja.»

«Na, vielleicht sollten wir dann dahin. Das hier schnell hinter uns bringen und dann ein paar Tage lang Prag genießen, anstatt nach Auschwitz durchzufahren.»

Aber niemand von uns lacht.

Wir werfen die Zigarettenstummel auf den Boden und steigen wieder in den Bus.

Es ist alles noch gut, wirklich. Wenn Paul und ich während der Busfahrt nebeneinander sitzen, dann hat das für mich keine Bedeutung, und darüber, was Paul etwas bedeutet, habe ich mir noch keine Gedanken gemacht. Er ist mein allerbester Freund. Alles hat ein Ende, aber das weiß ich noch nicht. Wir haben noch nichts gesagt, und besser, wir hätten die Klappe gehalten. Ich habe noch nie gespielt, richtig, ich habe noch nie geliebt, vorher, und ich ahne nichts, nichts von dem, was in ein paar Tagen geschieht. Ich denke, dass ich Auschwitz sehen und auch sehen will, ob ich etwas fühle.

Und an dich denke ich auch. Aber das ist ja klar.

Wir kommen in Auschwitz an. Es ist später Nachmittag.

«Wir sind in Auschwitz», sagen alle. Einfach, um diesen Satz mal gesagt zu haben. Dann steht man vor dem Gepäckfach des Busses herum und wartet, bis der eigene Koffer herausgeworfen wird. Meiner ist schwarz, ist ja klar.

Wir schauen uns um. Eine Jugendherberge mitten im Nichts. Felder. Gras, grünes. Begegnungsstätte, sagt Herr Drehmann.

«Und was machen wir hier sechs Tage lang?», sagt jemand.

«Dahinten ist ein See!», ruft jemand.

«Hier haben sie also gemordet», sagt Paul.

«Schon krass!», sage ich. Und ich sehe mich um, nach dir.

«Kommt erst mal an. Wir treffen uns zum Abendessen um sechs», sagt Herr Drehmann.

Wir sitzen irgendwo an einer polnischen Mauer einer polnischen Jugendherberge, es könnte überall sein. Die Sonne scheint, niemand hat Lust auszupacken. Der Frühling ist da, er ist vor uns hier angekommen und hat uns strahlend und blauhimmelig begrüßt. Wir stinken nach Bus und Fahrt und nach Busfahrt.

Wir drei haben uns verzogen, wie früher.

«Wie früher», sage ich.

«Wie immer», sagt Ratte.

«Für dich ist es wie früher, für mich ist es wie immer», sagt Ratte.

«Hey, ihr zwei!», sagt Paul.

Paul öffnet den Rucksack und zieht eine grüne Flasche heraus. Die Flasche sieht schick aus irgendwie.

«Was ist das?»

Paul hält sie uns hin, im Sinne von: präsentieren.

«Champagner.»

«Wo hast du die denn her?»

Paul schüttelt den Kopf. Paul versucht sich als mickriges Geheimnis.

«Wann köpfen wir die? Wir brauchen irgendwie einen Moment, einen Anlass. Hat man ja nicht so oft, eine Flasche Champagner», sagt Ratte.

«Die anderen trinken abends, die saufen sich wieder in den Schlaf. Oder ins Koma.»

«Oder ins Nirwana. Die saufen sich ins Nirwana, aber kapieren nicht, dass das das Gegenteil von Nirwana ist. Holzköpfe, alle miteinander. Wir trinken, wann immer wir wollen.»

«Und nicht um zu trinken.»

Das sagen Paul und Ratte.

Ich sage nichts, ich lasse die beiden reden. Ich schaue Ratte von der Seite an. Dass sie wieder bei uns ist, und dass sie bei uns sitzt und dass sie sitzen bleibt, ohne sich nach S. umzuschauen, und ohne diese Sehnsucht in diesem verblendet-verblödeten Blick, aber wer bin ich schon für ein Urteil. Ich beiße mir auf die Zunge, und sage ihr nicht, dass Eifersucht wie Verrat schmeckt, leicht bitter, und ich sage ihr auch nichts von der Freude.

«Na, wieder mal Zeit für uns gefunden? Hat deine Freundin gerade was zu tun?» Das ist das, was ich nicht sage.

Ich schaue nur die Flasche an, drehe sie einmal in meinen Händen um und wünschte, meine französische Aussprache wäre besser, ich hätte das gerne gehört, Moët & Chandon. Wie das klingt, in schön, auf Französisch. Wir drei haben alle Latein. Mir fällt ein, dass ich nicht weiß, ob du Französisch kannst, und dann fällt mir auf, ich weiß so wenig über dich.

Du bist Johnny.

«Wir trinken sie entweder abends, ganz zeremoniell, oder wir trinken sie tagsüber, und dann so nebenbei, als wäre es Wasser und nicht Champagner.»

Ratte. Sie lehnt sich zurück. Den Kopf legt sie auf Pauls Schulter, und sie kneift die Augen zu, der Sonne wegen, und ich schaue mir die beiden von der Seite an, wie sie da sitzen, an eine Mauer gelehnt, und dass sie ein schönes Bild sind, so. Ein blonder Junge mit Haaren, die für Eigenwilligkeit sprechen, und ein Mädchen, deren Rastas schreien, dass sie anders ist. Sie sonnen sich, und sie sind sich einig. Sie sind hier, und woanders möchten sie nicht sein. Ein schönes Bild, das von Jugend erzählt, von Freiheit und dem Jetzt. Ich lehne mich ebenfalls an die Mauer. Die Jugend, und wenn sie bei Jugend immer von Freiheit sprechen, dann deshalb, weil sie vergessen haben, dass Gefühle endlos scheinen. Ich halte die Flasche in den Händen.

«Wir könnten sie umfüllen», schlägt Paul vor.

«In 'ne Trinkflasche, und dann können wir sie trinken, wann immer wir wollen. Einfach immer wieder mal einen Schluck nehmen. Auf Ausflügen oder so.»

«Auf dem KZ-Gelände.»

Jetzt muss ich aber doch einsteigen, für so was ist die Flasche zu schön. Und außerdem – aber das ist mein eigener Gedanke.

«Nee, wir füllen sie sicher nicht um. Jetzt haben wir mal eine Flasche Champagner, und jetzt will ich das auch als solche trinken und nicht aus deiner blöden Sigg-Flasche aus der Grundschulzeit.»

Ich habe die Augen geschlossen, und ich mache mir nicht die Mühe, sie zu öffnen, um zu überprüfen, ob der Pfeil auch da angekommen war, wo er hinsollte. Meine Augen sind geschlossen, und ich denke an dich. Ich weiß nicht, warum ich heute Pfeile schieße.

«Wir müssen sie nicht umfüllen. Wir köpfen sie irgendwo, wo uns niemand sieht, dahinten auf der Wiese, und wir trinken sie, und wenn wir sie nicht gleich leertrinken, dann verstecken wir sie irgendwo im Wäldchen und kommen später zurück und trinken sie alle.»

«Kann man das denn, Champagner stehen lassen? Schmeckt er dann noch?»

«Aber klar. Du musst einen Teelöffel verkehrt rum in die Flasche stecken und den da so hängen lassen.»

Ich frage die beiden nicht, wie oft oder ob überhaupt einer von ihnen schon mal Champagner getrunken hat und woher dieses Wissen denn kommt, das über den Champagner, und wie sie sich das vorstellen, einen Ort im Wäldchen, an dem wir in Ruhe eine Flasche Champagner verstecken können, ohne dass das jemand sieht, und ob sie nicht Angst haben, dass die Flasche geklaut wird, die anderen sitzen sicher auch nicht die ganze Zeit in der Jugendherberge rum, und überhaupt. Ich sage nichts. Es ist, als gehöre ich nicht dazu.

Womit ich nirgendwohin gehöre.

«Wo hast denn die Flasche jetzt überhaupt her? Sag doch, mach nicht so ein Riesending draus», meint Ratte.

Das interessiert mich nun auch brennend. Weil ich mir nicht vorstellen kann, dass jemand aus Pauls Familie jemals Champagner trinkt, an Silvester gibt es bei denen sicher Prosecco, den sie dann Sekt nennen. Paul feiert Silvester mit Ratte und mir.

«Hat meine Oma gewonnen. In einem Preisausschreiben.»

«Verarsch mich!»

«Doch. Mit einem Lösungswort von einem Kreuzworträtsel. Ich hab ihr bei dem Kreuzworträtsel geholfen, und da hat sie mir die Flasche geschenkt. Die trinkt doch keinen Champagner, meine Oma, alleine.»

«Du verarschst uns!»

«Ich glaub, sie hätte ihn auch gerne mit mir getrunken, aber ich wollte lieber mit euch. Wenn man schon mal in den Genuss kommt …»

Jetzt sage ich doch wieder was.

«Die verlosen doch keinen Champagner! Die verlosen schlechte Digitalkameras und Messersets, die nicht schneiden. Und Bücherpakete von Reader's Digest, oder wie das heißt. Aber doch nicht Champagner!»

«Also in diesem bestimmten Fall haben sie eine Flasche Champagner verlost. Die hältst du doch grad in den Händen.»

«Welche Zeitschrift soll das denn gewesen sein?»

«Eine Fernsehzeitschrift. Weiß ich nicht mehr, wie die hieß. TV irgendwas halt. TV heute, oder total, oder was auch immer.»

«Wahnsinn!»

Das muss Ratte sagen, sie hält am Frieden fest. Erst war sie gegangen, erst war sie losgezogen und hatte sich verliebt, oder es war andersherum gewesen, dass sie sich zuerst verliebt hatte, und dann losgezogen war. Sie hatte sich jedenfalls verliebt, und auch noch in eine, die wir so gar nicht gemocht hatten, und jetzt kam sie zurück, um für Frieden zu sorgen, als wäre sie einer von den Blauhelmen. Oder als wären wir ein Kriegsgebiet, Aleppo oder Irak. Als wäre nichts gewesen, als wäre da keine Stille und nichts geschehen, als wären wir noch drei, noch immer. Die wir da in der Sonne sitzen, anders und zu Hause in dieser Dreisamkeit, so wunderbar unglücklich glücklich in dieser Sonne und zu dritt.

Ich halte die Augen geschlossen und die Flasche in meinen Händen. Die Sonne scheint, das ist schön.

Morgens, vormittags, mittags, nachmittags, abends, aber nicht nachts. Immer bist du um mich herum, und nachts träume ich dann von dir, oder ich schlafe nicht, um anders von dir zu träumen. Ich will hier bleiben, deshalb. Wir sind beieinander. Obwohl wir das nicht sind, beieinander.

Dazwischen sind diese Blicke, von denen ich mir nicht sicher bin, ob ich nicht zu viel aus ihnen ziehe, und ob das Ziehen nicht nur ein hilfloser Versuch ist, ein Gefühl zu finden.

Am nächsten Morgen, beim Frühstück. Ich begegne

dir an der Müslistation im Speisesaal, und ich tue es mit Absicht.

«Na?», sagst du. Und sonst nichts.

«Na?», antworte ich. Wir tragen beide ein schlichtes schwarzes T-Shirt. Erst als du dich umdrehst, sehe ich, dass auf deinem hinten eine Kassette draufgedruckt ist, auf der Van Morrison steht. Da gefällst du mir noch ein bisschen mehr.

Du hörst kurz auf, Milch über dein Müsli zu schütten, und blickst mich an. Und jetzt ist so ein Moment, in dem ich nicht weiß, ob ich zu viel aus diesem unterbrochenen Milchfluss ziehe.

And have I told you lately that I love you?
And have I told you there's no one above you?
You fill my heart with gladness
You take away my sadness
You ease my troubles, that's what you do
Van Morrison

Dazwischen diese Dialoge, ich weiß nicht, ob sie ein Spiel sind, und ob ich mir die Worte nicht ganz umsonst merke.

Es ist warm, obwohl erst Anfang April, und wir stehen auf dem Parkplatz herum, und der polnische Bus, der uns nach Krakau bringen soll, kommt nicht. Wir sind alle zu warm angezogen. Wir stehen da, Mädchen fächern sich gegenseitig zu, Jungs lümmeln auf dem Asphalt, Wasserflaschen werden weitergereicht, es wird gebrummt, und die Unzufriedenheit ist träge. Im April gärt die Langeweile, und die Köpfe schmerzen vom gestrigen Abend, der Alkohol, das Gras, und die Lehrer freuen sich, weil sie sagen können, dass das der Alkohol macht. Vom Gras sagen sie nichts, obwohl man das riecht. Das ist doch die Lebensfreude eines Lehrers: es sowieso schon gewusst zu haben. Ich stehe herum, ich spreche mit niemandem. Den Rucksack habe ich neben mich auf dem Boden abgestellt.

Du stellst dich zu mir.

«Ganz schön warm», sagst du.

«Ganz schön warm», sage ich.

«Schnell: drei Dinge, die du lieber tun würdest als hier zu stehen und auf den Bus zu warten?»

«Drei Dinge?»

«Drei Dinge.»

«Egal was?»

«Nicht denken, antworten. Dauert schon zu lange.»

«Okay. Okay. Im Eishotel in Schweden Wodkasorbet von einem Eisteller essen. Auf einem Floß liegen, langsam durchs Wasser treiben, in den Himmel starren und sich Geschichten über die Menschen ausdenken, die in den Flugzeugen sitzen, die über mir fliegen. Und wenn schon warm, dann aber richtig heiß. Also in einem Jeep durch die Wüste düsen. Und ein Soundtrack zum Mitsingen. Zum Mitkreischen.

«Klingt gut. Kann ich mit?»

«Bei was davon?»

«Bei allem. Aber ich bring den Soundtrack mit.»

«Klar kannst du.»

Ich versuche, das du nicht zu sehr zu betonen.

«The Doors zum Beispiel. Ist immer gut beim Autofahren», sagst du.

We chased our pleasures here
Dug our treasures there
But can you still recall
The time we cried
Break on through to the other side
Break on through to the other side
The Doors

Dazwischen sind Berührungen, die vielleicht keine Berührungen sind. Streifungen vielleicht nur. Du streifst mich.

In Krakau besichtigen wir die Marienkirche und die Tuchhallen. Es hat was von Gänsemarsch. Wie wir den Lehrern hinterherlaufen und stehen bleiben, wenn die Stadtführerin stehen bleibt, nie zuhören, wenn sie redet, und weitergehen, sobald sie wieder einen Schritt macht, meist nach der Stille, die nach «Hat jemand noch eine Frage?» entsteht. In der Stille treten diejenigen, die die Frage gehört haben, von einem Fuß auf den anderen, und die anderen starren weiter in Schaufenster, auf ihre Füße oder zu Menschen.

Ich starre zu einem Mensch.

Am dritten Tag fahren wir zum Salzbergwerk. Das Salzbergwerk liegt in Wieliczka. Ich liebe die polnischen Namen, sie klingen, als hätte ich die Schule bereits hinter mich gebracht, als wäre ich schon da draußen in der Welt. Paul bringt mir bei, wie man die Ortsnamen ausspricht, und ich schließe die Augen und denke mir den Bus, in dem wir gerade nach Wieliczka fahren, weg. Paul und ich, wir könnten in unserem Auto sitzen. Es wäre unseres. Paul säße am Steuer. Ratte schliefe hintendrin. Oder sie strickte. Wir stritten uns über die Musik. Die Fenster offen, meine Hand würde heraushängen. Wir würden polnisches Essen in uns hineinstopfen, wir nähmen immer das billigste Gericht, weil wir Studenten wären und immer pleite, und dass wir gar nicht wüssten, was wir da bestellen, wäre uns so was von egal.

Ratte sitzt irgendwo neben S. Von meinem Sitz aus kann ich sie nicht sehen. Das macht nichts, weil ich sie auch nicht sehen will.

Am Salzbergwerk knutschen Ratte und S., und Ratte legt einen Arm um S., als wäre sie der Kerl. Wir müssen anstehen, um hineinzukommen, und viele andere Klassen stehen auch an. Das ist einer dieser Programmpunkte. Ich glaube, Ratte und S. knutschen aus Langeweile, und aus Langeweile sagt F.:

«Ui!»

«Heyhey, scharf», ruft D. und stellt sich breitbeinig hin.

«Nicht schlecht!», kommentiert K.

«Alles okay mit dir?», fragt Paul mich.

Ratte lässt von S. ab.

«Genug geglotzt?», fragt sie in die Runde. Ein paar klatschen. Ich nicht.

Du stehst alleine da und blätterst in einem Reiseführer. Ich stelle mich zu dir.

«Fühlt sich immer noch komisch an, das mit Ratte und S.?», sage ich. Die Unsicherheit kriege ich jetzt nicht mehr aus meiner Stimme.

«Und?», fragst du. Dann blickst du wieder in deinen Reiseführer.

«Auf geht's! Jetzt können wir hinein!», ruft Herr Drehmann über alle Köpfe hinweg. Der Gänsemarsch setzt sich wieder in Bewegung.

Wir laufen durch das Salz. Weiße, grobe Kristalle, und ich weiß nicht, warum, aber so stelle ich mir den Mond vor.

«Ich würde gern mal auf den Mond», sage ich zu Paul.

«Lieber der Mond oder lieber das Eishotel?», fragt Paul.

«Der Mond.»

«Und wenn du auf den Mond könntest, aber dafür zwei Jahre länger in der Schule bleiben müsstest?»

«Dann eben nicht der Mond.»

«Lieber zwei Jahre länger in der Schule bleiben oder Ratte und mich nie wiedersehen?»

«Na ja, Ratte sehe ich kaum noch. Und ob ich dir zuliebe zwei Jahre länger in der Schule bleiben möchte …», sage ich.

«Danke», sagt Paul.

«Hey, das war doch ein Witz. Du hast gefragt.»

Aber da ist Paul mir bereits vorausgelaufen. In das Salz hinein.

Wenn man hinter die Jugendherberge geht und über die Felder läuft, kommt man nach zehn Minuten an einen See. Dort hängen wir rum, wenn nichts ist, kein Programm, keine Referate, und nicht diese bescheuerten Spiele, die sich die Lehrer für uns ausdenken, als wären wir noch in der siebten Klasse, oder um den Teamgeist, den nicht vorhandenen, zu stärken; dort hängen wir ab, zwischen den Ausflügen und vor dem Abendessen, und nach dem Abendessen auch wieder. Man liegt rum, starrt in den Himmel. Man knutscht oder beneidet die anderen, die knutschen. Man schaut den anderen zu, nicht nur beim Knutschen. Man wünscht, beobachtet, redet böse, lacht, spielt Karten, trinkt, knabbert, raucht, träumt, tut so, als ob. Paul liest. Ich lese auch. Ratte spricht, aber knutscht nicht mit S., und so weiter. Ich lese, aber nach jeder Seite sehe ich auf und blicke um mich herum. Ratte. Du. S., zwangsweise.

Irgendwann setzt du dich zu mir und Paul. Du setzt dich zwischen uns, auf mein blaues Handtuch, und es ist irgendwie okay, ich glaube, für alle, dass du dich zu uns setzt, als wärest du einer von uns. Niemand schaut, oder ich sehe niemanden, der schaut.

Du willst wissen, was wir lesen.

Paul liest Freud, er nennt es aber nicht lesen.

«Ich versuche mich an Sigmund.»

«Er versucht sich», sage ich. Aber ich beantworte dir nicht die Frage, und ich zeige dir auch nicht das Buch, das ich lese. Es könnte sein, dass es dir nicht gefällt. Es könnte sein, dass du verstehst. Oder eben auch nicht.

«Salzwasser» von Charles Simmons. Es geht um einen Jungen, der sich in ein älteres Mädchen verliebt. Also wie bei uns, nur andersherum. Vor vier Seiten hat er sie zum ersten Mal geküsst. Er ist so alt wie ich, sie ist vielleicht zwei Jahre jünger als du.

Ich halte das Buch so, dass du den Titel nicht sehen kannst, aber du ziehst es mir plötzlich aus der Hand und hältst mich am Handgelenk fest, damit ich es dir nicht wieder wegnehmen kann. Und auch nachdem du den Titel gelesen und gesagt hast:

«Ah, Turgenjew für Amis», bleibt deine Hand um mein Handgelenk geschlungen. Geschlungen. Ich glaube, ich habe das Wort noch nie verwendet.

Ich frage dich, warum das Turgenjew für Amis ist. Und du erzählst mir, du erzählst uns, weil Paul ja auch neben dir sitzt, was ich zu unterschlagen versuche, dass Charles Simmons das in Anlehnung an Turgenjews «Erste Liebe» geschrieben hat.

«Erste Liebe», sagt Paul.

Du hältst mein Handgelenk fest, und dann lässt du es los und erzählst weiter, von Turgenjew und anderen Russen, und Paul sagt Dostojewski, und dann redet ihr über die Russen. Ich schweige dazu. Dass du mein Handgelenk gehalten hast, ist weder eine Streifung noch eine Berührung, aber als du gehst, hat es immer noch eine Bedeutung.

«Magst du das Buch denn?», fragt Paul, und ich glaube, er fragt das zum zweiten Mal.

«Ist okay», antworte ich und beuge mich demonstrativ wieder über die Seiten.

Das KZ sparst du für den vorletzten Tag auf.

«Aufgespart ist vielleicht das falsche Wort», hatte Herr Drehmann kommentiert.

«Ich habe es aber aufgespart. Ich glaube, das bedarf einer gewissen Vorbereitung», kontertest du.

«Aber Sie bereiten sich doch gar nicht vor», sagte Herr Drehmann klagend.

Da horchten alle auf: Streit unter Lehrern.

«Doch. Durch das Hiersein. Wir leben doch gerade ein paar Tage hier, in Auschwitz», widersprachst du. Und wiederholtest es noch einmal: «Wir leben in Auschwitz.»

Du hattest gewonnen, aber Herr Drehmann sah nicht aus, als wäre er besiegt.

Am dritten Morgen liest du uns Paul Celan vor. Um 8 Uhr 30 gibt es Frühstück. Du hast gesagt, wir treffen uns um 8 Uhr 20 draußen, vor der Jugendherberge. Im Gras ist Tau. Kleine Tropfen, so klein und unwichtig wie wir, aber ich weiß nicht, warum mir das so einfällt. Vielleicht ist es der Ort, oder es ist das Gedicht, oder es ist die Liebe. Du sagst, wir treffen uns freiwillig, da um 8 Uhr 20. Aber zum Frühstück sollen alle da sein, das sagt Herr Drehmann. Wir sind aber alle da um 8 Uhr 20, auch die mit den roten Augen und die, deren Atem noch nach Alkohol riecht. Du sagst guten Morgen, du bist höflich zu allen. Du lächelst nicht viel an diesem Morgen, und du lächelst auch uns oder mich nicht an. Wir bilden einen verzogenen Kreis um dich herum. Du hast uns nicht darum gebeten. Du bist so, oder wir sind so.

Abends sitzen sie alle draußen und trinken und kiffen und lachen. Die Lehrer trinken ihren eigenen Wein, glaube ich. Paul ist früh ins Bett gegangen, mit Kopfschmerzen. Wo Ratte ist, habe ich zu wissen wollen aufgehört. Das befehle ich mir. Ich sitze drinnen im Versammlungsraum, in dem sich niemand versammelt. Die Tische und die Stühle sind Jahrzehnte alt, und diejenigen, die mal ihre Namen hineingeritzt haben, haben sicher schon eigene Kinder. Oben leuchtet eine Glühbirne, es ist dennoch dunkel. In der Ecke steht eine abgewetzte Ledercouch, und auf der sitze ich. Die Champagnerflasche steht neben mir. Ich rauche. Und dann noch eine.

Du kommst herein. Das ist eine Hoffnung, ein Traum, das ist die Wahrheit.

«Hallo.» Da ist keine Überraschung in deiner Stimme.

«Hey.» Also lasse ich sie in meiner auch weg.

«Rauchen ist hier drin verboten.»

«Ich weiß. Willst du auch eine?»

Du schaust mich an. Dann nimmst du mir die Zigarettenpackung aus der Hand. Das Feuerzeug reiche ich dir hinterher.

Du setzt dich ans andere Ende vom Sofa.

Wir rauchen im Dunkeln und in der Stille. Die Zigaretten glühen, es hat was von einem Film. Wir auch, wir beide haben auch was von einem Film. Ich, ganz in Schwarz, du in deiner Jeans und den schwarzen Sneakers und dem grauen Hoodie, wie wir uns gegenübersitzen und nichts sagen.

Im Film würde gleich was passieren.

Dein Blick entdeckt die Flasche Champagner, und dein Blick fragt auch danach.

«Die können wir trinken», sage ich und versuche, mit meinem Blick noch mehr zu sagen.

«Wir?»

«Ja. Wir.»

«Wo sind denn die anderen beiden? Paul und Ratte?»

Du pausierst kurz. Dann schiebst du hinterher, «und S.? Oder hat S. bei euch nichts zu suchen? Aber dann hätte ich ja auch gestört.» Du klingst schnippisch, als du das sagst.

«Wir könnten sie nachher trinken», sage ich.

Ich fühle mich schuldig.

Es ist 21 Uhr 47, irgendwo in Polen. Ort wie Uhrzeit sind nicht von Bedeutung.

«Nachher?»

«Nachher. Wir treffen uns einfach nachher am See. So um Mitternacht. Und dann trinken wir sie. Bringst du Gläser mit?»

Merkst du, wie behutsam ich die Selbstverständlichkeit in die Frage lege, damit dir gar nicht erst auffällt, dass da etwas nicht stimmt? Merkst du, dass mein Ton die reine Beiläufigkeit ist? Merkst du das? Hast du irgendetwas bemerkt?

«Gläser?»

«Ja, Gläser. Du weißt schon, so Gefäße, in die man Flüssigkeiten, dem Magen bekömmliche, wie zum Beispiel Champagner, füllt? Gläser kennst du, oder?»

«Ja, Gläser kenne ich schon. Ich weiß nur nicht, ob das eine gute Idee ist, dass … Dass wir uns heute um Mitternacht treffen, du und ich, um Champagner zu trinken. Dass wir uns überhaupt treffen. So, meine ich. Dass wir dieses Gespräch hier führen. Wo hast du die überhaupt her, diese Flasche?»

«Die habe ich halt. Ist doch egal, woher», sage ich trotzig. «Wir müssen uns auch nicht treffen. Wir begegnen uns da – oder eben nicht. Ich jedenfalls, ich werde unten am Steg sitzen, gegen Mitternacht. Und ich werde eine Flasche Champagner trinken, die ich irgendwoher habe, und ich werde es alleine tun. Und du …», sage ich.

Es gibt diese eine Geschichte, die durch die Schule geistert, von einem Jungen, der bei der Deutsch-Abiturprüfung auf die Frage «Was ist Mut?» nur «Das hier» geschrieben und die Arbeit ansonsten leer abgegeben hat. Er hat dann von einem Prüfer die volle Punktzahl und von einem anderen die niedrigste bekommen. An diesen Jungen muss ich jetzt denken. Das hier ist auch Mut. Ich stehe auf und verlasse den Raum. Die Zigarettenschachtel schiebe ich im Laufen in die Hosentasche.

Jetzt denke ich, dass unsere Geschichte vielleicht hier begonnen hat, obwohl wir bereits mittendrin steckten. Und ich denke auch, hätte ich nicht dies und hätte ich jenes, hätte ich nicht gesagt und gehofft und gespielt, und hätte ich mich nicht gnadenlos verspielt. Und hätte ich nur nicht vergessen, was zählt. Was ich so sicher wusste, früher. Ich hatte alles vergessen, meinen Freunden den Champagner und das Vertrauen geklaut, ich hatte und hatte und hatte, alles, außer nachgedacht.

Und jetzt sitze ich hier. Wobei, seien wir mal ehrlich, ich liege.

Wir trinken, auf dich und auf mich und auf all die Dinge, die niemals gewesen sein werden. Besonders auf dich, der du nicht mitgetrunken haben wirst, und darauf, dass nur ich hier trinke. Trinken wir auf mich, und wie ich falsch denke und unsinnig fühle. Trinken wir auf ein Fühlen ohne Sinn. Und trinken wir auf meine Freunde, die gerade nicht trinken. Und trinken wir auf meine Freunde, die ich unabsichtlich vergesse und in Absicht verliere. Und trinken wir auf die Frage, was Freundschaft ist, und was sie mit Liebe zu tun hat. Und trinken wir auf mich, die ich nicht zu dir gehe, um diese Frage zu stellen, und auch nicht, um dir eine andere zu stellen. Oder trinken wir auf das, was ich bin, ein Feigling. Und trinken wir auf die Feigheit, weil sie hat schon immer Leben gerettet, aber immer nur das eigene und noch nie ein fremdes. Trinken wir auf die, die sich auf die eigene Schulter klopfen, trinken wir auf das eigene

Herz. Trinken wir auf das, was wir sprechen, auf das, was wir fühlen, wenn wir trinken. Trinken wir auf mich, die wir sagt, anstatt ich. Trinke ich, trinken wir. Trinken wir auf diesen kurzen Moment zwischen Nüchternheit und dem Gefühl, wenn nichts mehr zählt. Trinken wir auf das Gefühl, wenn nichts mehr zählt. Trinken wir auf meine Freunde, die nicht mehr zählen, weil du zählst. Und auf das Pathos dieser Feststellung trinken wir auch. Trinken wir auf dich, du Feigling, und auf die Frage, ob du dir jetzt gerade auf die Schulter klopfst. Ob du in deinem Bett liegst und dir sagst, das hab ich doch gut gemacht, ich habe ihr widerstanden. Musstest du das, mir widerstehen? Du warst brav, obwohl brav in deinen Augen ein Schimpfwort ist, und dennoch klopfst du dir auf die Schulter. Trinken wir auf die Angst, die Herrin über alle Gefühle. Und auf meine Verachtung. Trinken wir auf den Moment, in dem die Verachtung größer wird als die Liebe, oder zumindest die Vernunft. Trinken wir auf das V wie in Verachtung und auf das V wie in Vernunft und das D wie in Du. Trinken wir, trinken wir, trinke ich. Der Champagner perlt auf der Zunge, in «Basic Instinct» trinkt er Champagner aus ihrem Bauchnabel, erinnerst du dich an den, und meine Füße sind eiskalt im Wasser. Ich lasse sie da hängen, und ich genieße den Kälteschmerz um die Waden. Ein Steg ganz für mich allein, und eine Flasche Champagner ganz für mich allein. Trinken wir auf die Kälte, die an den Füßen und die deine zu mir und die Kälte des Lebens, und trinken wir auf dieses verdammte Pathos, das aus dem Champagner schreit. Trinken wir, trinken wir, trinke ich.

Dann höre ich Schritte hinter mir und drehe mich, vorerst, nicht um.

Ein An-die-Schulter-Fassen. Ein Griff unter meine Schulter. Eine Hand, fünf Finger. Atem hinter mir, aber kein Wort.

«Hey du», flüstert Paul.

Ich weiß nicht, wann das war, dass Paul zu einer Enttäuschung verkommen ist.

«Hast du sie?», ruft Ratte.

«Ja, hier am Steg.»

Er zerrt.

«Komm, steh mal auf. Das Wasser ist doch viel zu kalt.»

Schritte hinter uns. Er zerrt mich zum Aufstehen, aber stehen ist rund. Alles ist rund, alles ist wackelig, und die Erde ist auch rund, so einen Blödsinn denke ich.

«Ist sie noch ansprechbar?»

«Bin ich.»

«Das ist ja schön.»

Zwei Arme, die mich ziehen. Ziehen sie, zerren sie, das Z ist ein Buchstabe mit Zacken. Beginnt Zacken deshalb mit Z? Einmal stolpere ich.

«Schade um den Champagner», sagt einer.

Ich küsse einen von den beiden, auf die Wange, so im Laufen, ich glaube, ich küsse daneben, und ich weiß nicht, wer der Geküsste ist.

«Komm schon», sagt Ratte. Ich glaube, Ratte.

Das Bett ist auch rund.

«Das Bett ist rund», sage ich.

«Schlaf einfach», sagt jemand.

«Geh schon, ich bleib bei ihr», sagt Ratte. Ich glaube, dass es Ratte ist, die das sagt.

Der Morgen danach heißt wohl deshalb Morgen danach. Ich will nicht aufstehen. Ich will auch nicht liegen bleiben. Ich will nichts. Ich will noch nicht mal die Augen öffnen.

Mit den geöffneten Augen sehe ich, ich bin allein im Zimmer. Ratte, K., L., M. und D., mit denen ich es teile, sind nicht da. Ich liege in Rattes Bett. Meins wäre das obere gewesen. Die Vorhänge sind zugezogen. Die Vorhänge sind ein dunkles Grün. Der Samt der Vorhänge ist billig und alt. Alles ist hier billig und alt und muffig. Ich trage meinen schwarzen Pyjama. Ich weiß nicht, wie ich in den gekommen bin, und ich möchte es auch nicht wissen. Ich schließe die Augen wieder. Ich schlafe ein. Das denke ich zumindest, dass ich einschlafe, aber sicher bin ich mir nicht.

Die Tür geht auf. In der Tür stehen Ratte, Paul und du. Das stimmt nicht: du zuerst. Also so: Du. Paul. Ratte.

«Na, noch am Leben?», fragst du.

Ihr kommt ins Zimmer. Ich schließe die Augen.

Ratte steht neben mir. Sie zieht mich an den Schultern hoch. Ich sitze auf. Sagt man das so, wenn sich einer aufgesetzt hat? Du schiebst mir ein Kissen hinter den Rücken, sagst nur ein Wort.

«So.»

«Wir haben dir Katerfrühstück mitgebracht», sagt Paul.

«Was Polnisches», sagt Ratte.

«Ist bestimmt ganz lecker», sagst du.

Ich muss mich schon beim Geruch der weißen Teigtaschen beinahe übergeben.

«Die sind mit Kirschen gefüllt», sagt Paul.

«Habt ihr Kaffee dabei?», ist mein erster Satz an diesem Morgen. Er fällt mir schwer, und er verschweigt die Wahrheit.

Die Wahrheit ist die: dass nichts stimmt. Nichts stimmt mehr. Deshalb die Flasche.

Ich sehe euch nicht an. Ratte nimmt eine Haarbürste vom Tisch, und setzt sich neben mich. Sie beginnt mir die Haare zu bürsten. Das ist so schön, dass ich weinen muss, leise.

«Na», sagt Paul. Mit zwei Fingern hebt er meinen Kopf so an, dass ich ihm ins Gesicht blicken muss. Ich senke meine Augen. Nun schluchze ich noch mehr.

Die Tränen vermischen sich mit der Wimperntusche von gestern und mit dem Rotz und mit der Einsamkeit und dem fahlen Geschmack in meinem Mund. Ich schmecke Kaffee, Erbrochenes, Alkoholreste und Ekel. Ich sehne mich nach Zahnpastageschmack, ich sehne mich nach Tagen, an denen ich keine Angst hatte vor Antworten auf Fragen, die ich nun nicht zu stellen wagte.

Ratte bürstet mir weiterhin durch die Haare. Als hätte sie das Schluchzen nicht gehört, oder als hätte mein Schluchzen keine Bedeutung. Paul hält weiterhin meine Wange in seiner Hand. Mit der anderen wischt er meine Tränen beiseite. Und meinen Rotz. Er sieht auf seine Hand, grinst, wischt sich die nasse Hand am T-Shirt ab, er sagt: «Das muss eh in die Wäsche.»

Er trägt das weiße Shirt, auf dem «Wild Feminist» steht. Das haben Ratte und ich ihm geschenkt. Ratte hat es gekauft, und ich habe ihr zehn Euro gegeben, und dann war es unser Geschenk.

«Na», sagt Paul noch einmal, und diesmal ist es ein Befehl.

«Ist doch alles nicht so schlimm. So ein Kater. Und so eine Flasche. Der Tag fängt doch gerade mal an, und mal sehen, wie er endet. Vielleicht machen wir uns heute mal einen schönen Abend», sagst du. Du stehst irgendwo hinter uns, und was du sagst, hat kurz mal keine Bedeutung.

Wir sitzen in einem Lada. Der Lada ist rot, aber im Rot ist Rost. Wir wollen Pizza holen, und von der Jugendherberge bis zur Pizzeria sind es nur drei Kilometer, und das Auto muss in zwanzig Minuten zurück bei der Rezeptionistin sein, die es dir geliehen hat, und dennoch. Es ist, als führen wir direkt durch das Leben. Und aus dem Leben wieder heraus in das, was man Zukunft nennt.

Dein Bein berührt meins, und beim Schalten ruckelt

das Auto heftig. Du holst dein Handy aus der Tasche, und du sagst:

«Hier, das ist für euch!», und du machst Pink Floyd an.

We don't need no education
We don't need no thought control
No dark sarcasm in the classroom
Teachers leave them kids alone
Hey teacher leave them kids alone
All in all it's just another brick in the wall
All in all you're just another brick in the wall
Pink Floyd

Und ich sage:

«Ach Quatsch, das ist doch hoffentlich für uns alle», und ich sage das, weil ich das nicht will, dass du das bist: Älter. Du grölst mit, und die anderen beiden hinter uns auch, we don't need no education, und du lachst. Dein Bein stößt gegen meins, und ich weiß nicht, ob das eine Antwort ist, ein Gefühl oder dem Ruckeln des Autos geschuldet ist. Es ist mir aber auch vollkommen egal.

Freiheit. Das werde ich mir merken, die Freiheit dieser Enge, das schwöre ich mir, auch wenn ich alt bin, und einen Job habe, und wenn ich die Welt gesehen habe, und mich entschieden habe, für jemanden und für oder gegen ein Kind, wenn alles entschieden ist. Ich werde mich daran erinnern. Wenn ich Auto fahre, als Selbstverständlichkeit, und wenn das hier, diese Zeit, diese Reise, dieser Tag, und auch diese Menschen zu einer beseufzten Erinnerung verkommen sind, dann will ich mir diese Freiheit trotzdem gemerkt haben. Ich will einen einzigen schnelleren Herzschlag bei der Erinnerung daran. Tak – Tak – Tak – Tak – Tak – TakTak – und dann wieder Tak – Tak – Tak.

Die Fenster haben wir heruntergekurbelt, und so war das auch: Wir haben sie mit diesen schwarzen Kurbeln gekurbelt, sie haben dabei gequietscht. Deine langen Beine passen kaum ins Auto, und wir strecken die Arme aus den Fenstern, weil es eng ist, und wir tun das auch, weil diese Autofahrt das Leben ist, und die Freiheit, und wir pfeifen auf das Klischee. Wir pfeifen von den Dächern und lauter als zuvor. Der Wind an den aus den Fenstern gestreckten Armen und das Leben. Du machst mit.

«Rechts», ruft Paul.

«Du spinnst doch, links», ruft Ratte.

«Was denn nun», sage ich. Du sagst nichts, du singst, und du schaust mich von der Seite an, und ich schaue zurück, und ich schaue nicht auf die Straße. Ich weiß nicht, ob da etwas ist, in deinem Blick.

«Rechts, rechts, die nächste rechts», ruft Paul, und er beugt sich zwischen deinem und meinem Sitz nach vorne, er drängt seinen Kopf zwischen uns, und ich lache ihn beiseite.

«Setz dich wieder hin. Setz dich wieder hin, du Kontrollfreak.»

Paul setzt sich wieder zurück, und für sein Gefühl habe ich keinen Gedanken.

Eine Pizza Salami, eine Margherita, eine, deren Zutaten wir auf Polnisch nicht verstanden haben, was ein guter Grund ist, sie zu nehmen, und eine, die Pizza Polska heißt.

«Mach die Polska auf, was ist denn da drauf», fragt Ratte von hinten, und Paul öffnet die Schachtel und zählt auf: «Paprika, Schinken, Tomaten und etwas, das könnte Mozzarella sein, irgend so eine Art polnischer Mozzarella.»

Und Bier, acht Flaschen. Und ein Abend, den ich gerne als letzte Erinnerung abspeichern würde. Alles, was danach kam, würde ich ausradieren. Das Blatt Papier wäre weiß.

Du parkst das Auto vor der Jugendherberge, aber steigst nicht aus. Du bleibst sitzen, also bleiben wir auch sitzen.

«Geht doch schon mal vor, auf die Wiese dahinten. Die, wo dieses eine Haus steht», sagst du. «Ich komm gleich nach.»

«Ich auch», sagt Ratte.

«Warum?», frage ich.

«Ich muss noch den Autoschlüssel zurückgeben», sagst du. Ratte sagt nichts. Wir steigen aus.

Ich trage die Pizzakartons und Paul das Bier. Er läuft hinter mir her, und ich weiß nicht, warum ich das denke, aber ich denke, wie ein Hund.

«Was sollte denn das?», frage ich nach hinten. «Dass die beiden jetzt nachkommen?»

«Ratte will sich bei ihrer Freundin abmelden, bestimmt», erklärt mir Paul.

«Abmelden!», wiederhole ich.

«Und Johnny?», frage ich.

«Ach, Alex», sagt Paul.

«Was denn?»

«Du bist doch nicht doof. Johnny ist unser Lehrer. Der kann nicht mit uns hier zum Pizzaessen und Biertrinken verschwinden, sodass es alle sehen.»

Ich sage nichts.

«Du bist doch nicht doof, Alex», wiederholt Paul noch einmal. Auf der Wiese neben der Jugendherberge steht ein Haus, wie hingepflanzt. Es ist ganz klein, ein Puppenhaus beinahe. Ein Puppenhaus in abblätterndem Gelb. Ein Mann sitzt auf der Terrasse, die zwei Quadratmeter groß ist, und beobachtet uns. Es sei ihm gegönnt, wer will schon alleine in einem einsamen Haus auf einer Wiese bei Auschwitz wohnen? Es sei ihm gegönnt, und uns, und mich kann heute nichts stören. Nichts.

«Hier», sagt Paul und stellt das Bier im Gras nicht weit vom Haus ab.

Was der einsame polnische Mann sieht: zwei Jugendliche. Ein Mädchen und einen Jungen, die es sich auf der Wiese bequem machen. Sie reden nicht viel miteinander. Dann kommt ein zweites Mädchen dazu. Und dann noch ein junger Mann.

Paul sagt, ich neige dazu, manches nicht sehen zu wollen. Er sagt das, wenn ich trotzig bin.

«Sei doch nicht so ein Trotzkopf», sagt er dann.

«Bin ich doch gar nicht», widerspreche ich.

«Nur weil ich nicht deiner Meinung bin, bin ich doch kein Trotzkopf. Und red mit mir nicht wie mit einem Kind», widerspreche ich.

«Doch», sagt Paul.

«Das ergibt doch keinen Sinn! Vielleicht hast du unrecht, und dann bist du ein Trotzkopf!»

«Ratte, habe ich unrecht?»

«Nein. Du, Alex, willst immer das letzte Wort behalten. Und du willst manchmal Dinge nicht sehen. Aber wir lieben unseren blinden Trotzkopf, oder, Paul?»

Das ist dann ein Moment, in dem ich Ratte eine runterhauen könnte.

Heute will ich nicht sehen: Wie du immer wieder zur Jugendherberge schaust, als hättest du Angst, erwischt zu werden. Warum? Es ist ein freier Abend, für alle, und deinen freien Abend verbringst du mit uns. Wie Pauls Blick immer grimmiger wird, und ich weiß nicht, warum. Den Knutschfleck auf Rattes Hals.

Im Nachhinein würde ich sagen, die Wahrheit.

Der Mann, der neben der Jugendherberge wohnt, sieht: Eines der Mädchen hat Rastalocken. Ein anderes trägt eine schwarze Jeans und ein schwarzes T-Shirt, und in der Jeans ist am Knie ein Loch. Sie wirft sich die Schuhe von den Füßen. Der Junge macht es sich langsam bequem, und er ist der Einzige, der seine Schuhe anbehält. Der junge Mann zieht die Sneakers aus, und was der einsame polnische Mann sieht, aber was für ihn sicherlich keine Bedeutung hat, ist, dass der junge Mann sich neben das Mädchen in Schwarz setzt. Er setzt sich neben dieses Mädchen, obwohl er dafür ein paar Schritte gehen muss, um das andere Mädchen herum. Vier Schritte, um genau zu sein. Er quetscht sich sozusagen zwischen die beiden.

Wir essen die Pizzastücke mit der Hand, und wir lachen dabei, und wir wischen uns die Tomatensoße mit den Händen aus dem Gesicht. Wir trinken Bier dazu, und dann nur noch Bier, ohne Pizza, und Ratte zündet die erste Zigarette an, und dann kommen drei weitere Glimmstängel dazu. Was der einsame polnische Mann aus der Entfernung sicher nicht sehen kann, ist, wie Paul aus der Tasche das Gras rauszieht und Ratte das Tabakpapier reicht, und wie er dreht, und wie du, als du dich später zu mir beugst, um den Joint weiterzureichen, ein paar Zentimeter in meine Richtung rutschst. Er sieht nichts davon, was an diesem Abend eine Bedeutung hat. Er sieht nicht, aber ich sehe, und Paul sieht, was ich nicht sehe, und ob Ratte alles sieht, ist für die Geschichte ohne Bedeutung, aber wer bin ich denn schon, um zu sagen, was eine Bedeutung hat.

Ob es eine Bedeutung hat, dass ich mich zurücklehne und die Hände hinter mir abstütze, weil meine Beine im Schneidersitz eingeschlafen sind, und ich sie ausstrecken will, und weil ich will, dass deine im Gras liegende Hand meine berühren kann. Wenn deine Hand es denn wollte.

Ob es eine Bedeutung hat, dass Paul schneller trinkt als wir alle, dass er zwei Flaschen gezischt hat, bevor ich die erste ausgetrunken habe.

Ob es eine Bedeutung hat, dass du mich von der Seite anschaust.

Ob es eine Bedeutung hat, dass Ratte fragt, ob die Türme dahinten irgendwo die von Auschwitz sind, «diese Gasofentürme, heißen sie so?», fragt sie.

«Morgen», sagst du. «Morgen sind wir in Auschwitz.»

Wir sagen nichts.

Ob für mich eine andere Frage von ihr eine größere Bedeutung hat, nämlich die, ob wir ein Spiel spielen wollen.

«Welches willst du denn?»

«Was für ein Spiel?»

«Wir spielen manchmal Spiele. Darfst dir eins aussuchen. Weil du neu bist, sozusagen. Entweder ‹Du wirst dich doch trauen›, oder ‹Ist mir doch egal›, oder ‹Stell dir mal vor›.»

«Und wie gehen sie, eure Spiele?»

«Such dir erst mal eins aus.»

«Aber ich weiß doch gar nicht, wie die Spiele gehen.»

«Such dir trotzdem erst mal eins aus.»

Du wählst «Du wirst dich doch trauen». Ratte und ich setzen uns aufrecht hin. Paul hingegen sackt in sich zusammen. Er nimmt noch einen Schluck. Du weißt nicht, worauf du dich einlässt. Es liegt etwas in der Luft. Uns ist an diesem Abend zu keinem Zeitpunkt kühl.

«Der spielt das bestimmt nicht richtig. Das funktioniert ja nur, wenn man das richtig spielt», sagt Paul. Aber er schaut dir dabei in die Augen.

«Klar, kann er das», sagt Ratte, und es liegt die Herausforderung in ihrer Stimme, die das Herz eines jeden Spiels ist.

«Ich spiel auf jeden Fall richtig. Ihr müsst mir nur die Regeln erklären. Ich muss wissen, was man tun darf und was nicht bei diesem Spiel, damit ich es richtig spielen kann.»

«Na, erst mal musst du versprechen, dass du dich an die Spielregeln hältst. Egal, was passiert. Egal, wohin das abdriftet. Und zwar musst du das versprechen, bevor du die Spielregeln kennst. Das ist sozusagen die erste Spielregel.»

Was ich an dir liebe: dein «okay».

«Okay. Ich versprech's. Lasst die Spiele beginnen.»

Paul reißt Grashalme ab und schmeißt sie zurück ins Gras. Er ist der Einzige, der noch Schuhe anhat. Er hasst es, wenn seine nackten Füße irgendetwas außer dem Stoff schwarzer Socken berühren. Weshalb er sogar mit Socken schläft. Das weiß ich, und das weiß Ratte, und Paul ist es lieber, wenn es sonst keiner weiß.

«Die Spielregeln gehen so. Du musst alles machen, was man dir sagt. Du darfst es nicht kommentieren. Du darfst nicht widersprechen. Du musst deine Aufgaben einfach in Stille ausführen, außer, deine Anweisung beinhaltet reden. Und wenn du dich irgendwas nicht traust, musst du wortlos gehen. Ohne Erklärungen. Dann gehst du einfach. Und dann wollen wir dich heute Abend auch nicht mehr wiedersehen. Dann hast du verloren.»

«Klingt nach Wahrheit oder Pflicht ohne die Wahrheit. Und die Pflicht ist wirklich eine Pflicht.»

«Genauso, nur besser.»

Und ich nehme einen Schluck Bier als Geste. Besser.

Mit den Spielen ist es so: Wir betreten eine andere Welt. In dieser Welt sind wir noch nicht gewesen, und es ist noch gar nichts passiert. Ich bin noch nicht oder nicht mehr ich. Ratte braucht noch keine Rastas. Paul hat das Lächeln, das sich entschuldigt, noch niemals aufgesetzt. Wir betreten diese Welt mit sicheren Schritten. Wir verlassen sie hinterher überrascht und schütteln enttäuscht unsere Köpfe, bevor wir sie hängen lassen, weil unser Leben ein anderes ist.

«Bin dabei.»

«Wer fängt an?»

«Ich. Und es geht immer im Kreis herum. Und es steigert sich langsam.»

«Wie guter Sex», fügt Ratte hinzu, und ich merke jetzt, dass sie getrunken hat und in Spiellaune ist. Ich mag das, und es macht mir Angst.

«Und immer, wenn zwei dran gewesen sind, kann sich einer umsetzen, sodass sich die Reihenfolge automatisch ändert. Und auch das ohne Kommentare. Das ist wichtig, weil du sozusagen strategisch wählen kannst, mit wem du als Nächstes das Spiel spielen darfst. Du darfst dich umsetzen, musst aber nicht. Und das Wichtigste: Du darfst nie, nie, nie lügen. Sonst macht das Spiel keinen Sinn.»

«Okay.»

«Okay.»

«Okay. Los geht's.»

«Paul, du wirst dich doch trauen, die Schuhe auszuziehen.»

Weiße Asics neben grünen Chucks neben schwarzen Nikes neben schwarzen Sneakern ohne Label.

«Ratte, du wirst dich doch trauen, dein T-Shirt auszuziehen.»

Ratte trägt keinen BH.

«Johnny, du wirst dich doch trauen, uns zu sagen, was du hier im Spiel so richtig ungern tun würdest.»

«Mich ausziehen.»

Als Aufsichtspersonal und so, schon klar.

«Alex, du wirst dich doch trauen, uns zu sagen, was du am allerwenigsten ausziehen wollen würdest.»

«Meine Hose.» Wegen der Unterhose, die ich darunter trage. Schwarz. Aber alt, ausgefranst.

«Ratte, du wirst dich doch trauen, genauso, wie du jetzt bist, ohne T-Shirt bei dem Mann da drüben anzuklopfen und ihn zu fragen, ob wir etwas Wasser haben können.»

Sie lacht. Sie lacht ihr böses Lachen, aber sie steht

auf und kommt mit einer Flasche Wasser zurück. Rajec Nesytena.

«Ihr spinnt!», sagst du. Du zündest dir noch eine an.

«Psst.»

«Was hat der Mann denn gesagt?», fragst du.

«Psst.»

«Paul, du wirst dich doch trauen, eine Alliteration zum Thema Liebe zu bilden, die deine Ansicht zu diesem Thema zusammenfasst.»

«Liebe lähmt lebenslang, Liebende leben limitiert.»

«Und Paul, du wirst dich doch trauen, uns zu sagen, wem …»

«Psst. Immer nur eine Aufgabe auf einmal.»

«Ach so, stimmt.»

«Johnny, du wirst dich doch trauen, noch einmal bei dem Mann zu klopfen und ihn zu fragen, wie er das fand, dass ein Mädchen mit nackten Titten bei ihm geklopft hat. Und nach Wasser gefragt hat.»

Du sagst nicht, dass wir spinnen. Du gibst mir deine noch brennende Zigarette und stehst wortlos auf und gehst, barfuß, auf das Haus zu. Wir sehen ein dunkles, großes Etwas, das sich von uns weg bewegt. Wir sehen nicht, was du sagst oder tust oder mit Bewegungen andeutest. Ob du lächelst oder dich schämst. Ob du die Herausforderung bereits spürst. Wie auf Droge, aber besser, weil ohne. Und ob du schon eine Ahnung hast, dass es hier um Macht geht, und dass Macht ein geiles Gefühl ist. Du kommst zurück.

«Paul, du wirst dich doch trauen, jetzt auch noch mal

bei dem Mann anzuklopfen, und ihn – so gut müsste dein Polnisch doch sicher sein – zu fragen, was er von Hitler hält.»

Da ist wieder eine dunkle Gestalt, die Schritte sind schnell und fest. So läuft Paul, denke ich, und dann frage ich mich, läuft so Paul. Geschrei, auf Polnisch. Der Mann macht ein paar Schritte auf Paul zu, und Paul läuft rückwärts zurück. Aber er dreht sich nicht um. Noch mehr Geschrei, auf Polnisch. Jetzt dreht Paul sich um. Paul, grinsend, auf dem Weg zurück. Er ist ein schönes Bild im Dunkeln.

«Alex, du wirst dich doch trauen, deine Hose auszuziehen.»

Das war ja klar.

«Ratte, du wirst dich doch trauen, einmal zurück in die Jugendherberge zu gehen, genauso wie du bist, einmal in die Runde nach der Uhrzeit zu fragen und zurückzukommen.»

Ratte geht.

«Welche Runde?»

«Ach, da sitzen doch sicher welche in der Laube vor dem Haus und trinken. Mach dir keine Sorgen, wirst schon wen finden. Welche von uns oder eine andere Gruppe.»

«21 Uhr 55.»

«Alex, du wirst dich doch sicher trauen, uns zu sagen, ob es hier in der Runde jemanden gibt, für den du Gefühle hegst.»

Ratte ist zurück, die halbe Klasse hat ihre nackten

Titten gesehen, sie ist betrunken, sie ist ein Arschloch, und sie ist leider echt gut in diesem Spiel. Ich nicke, und das Nicken steht dann für ein paar Sekunden allein zwischen uns. Laut.

«Johnny, du wirst dich doch trauen, Ratte ebenfalls eine Ohrfeige zu geben. Auch als Lehrer.»

«Ich bin ja nur Referendar.»

Sie schreit auf, und ich freue mich, weil ich mir sicher bin, sie hatte das nicht vor.

«Johnny, du wirst dich doch trauen, Ratte ebenfalls eine Ohrfeige zu geben. Auch als Lehrer.»

«Ich bin ja nur Referendar.»

Diesmal hält sie die Klappe, obwohl es nicht weniger knallt. In den Augen Blitze, und in der Dunkelheit wir, und in der Luft die Antwort auf die Frage nach Macht.

«Ratte, du wirst dich doch trauen, den Rest deiner Bierflasche über deinen Haaren auszuleeren.»

Ratte hat Rastas, sagte ich das schon? Der Geruch breitet sich aus, als wäre er in Eile.

«Paul, du wirst dich doch trauen, Johnny eine Ohrfeige zu geben. So als Lehrer und so.»

«Er ist ja nur Referendar.»

Es knallt, und auch in der Luft.

«Alex, du wirst dich doch trauen, uns zu sagen, für wen in dieser Runde du Gefühle hegst.»

Ich blicke Paul in die Augen, als ich es sage. Ich sehe seine Augen im Dunkeln schlecht, und ich sehe Paul nicht. Nicht an diesem Abend und vielleicht zu spät.

«Johnny, du wirst dich doch trauen, uns zu sagen, wie du dich jetzt fühlst.»

«Betrunken», sagst du.

«Das ist eine ehrliche Antwort», sagst du.

Das Spiel ist soeben eröffnet. Aber das werde ich erst im Nachhinein verstehen.

Später erinnern wir uns an die Spiele, und wir träumen davon, und ich denke manchmal, dass wir uns lieber an Spiele erinnern als an das Leben, und ich denke, dass das keiner der guten Gedanken ist. Später, wenn ich mich an dich erinnere, werde ich an das Spiel denken, anstatt einfach nur an dich. Das ist eine Wahrheit, und ich denke sie nicht gern.

Es ist dunkel geworden, ohne dass wir das gemerkt haben, und das ist gut so: Licht steht den Spielen nicht. Ratte zockt. Paul trinkt. Ratte treibt mich, damit ich dich treiben kann. Im Dunkeln kann ich nicht unterscheiden, ob das ein Beweis der Freundschaft ist oder deren Verrat.

Mit den Spielen ist es so: Wir betreten eine andere Welt. Und pfeifen auf das, was wir eigentlich sind. Du erkennst es schneller als wir. Ich hoffe, dass das nicht der Altersunterschied ist.

«Gibt es irgendeine Grenze bei diesem Spiel?», fragst du.

«Psst.»

Ich bin als Nächste dran.

«Ratte, du wirst dich doch trauen, uns zu sagen, für

wen du dich entscheiden würdest, für Paul und mich, oder für S., falls du wählen müsstest.»

Ich bin selbst schuld, ich bin da hineinspaziert. Ich habe gefragt, und ich habe eine Antwort bekommen. Ich habe gefragt, weil ich die Antwort hören wollte, die ich gespürt habe, weil ich spüren wollte: den Schmerz. Es ist besser, als den Schmerz zu erahnen.

«Paul, du wirst dich doch trauen, Johnny diese Kette aus dem Portemonnaie zu ziehen, die mit der Weltkugel, und sie Alex zu bringen.»

Paul steht auf, gemächlich. Wenn er neben Johnny steht, steht er eigentlich über Johnny, und er sieht aus, als fände er das gut.

«Her damit», sagt er.

«Und wenn das meine Grenze ist?»

«Dann geh.»

«Ihr seid doch alle nicht ganz dicht.»

«Her damit.»

Paul bringt mir die Kette. Ich halte die Hand auf. Paul inspiziert die Kette, macht am Verschluss herum, dann geht er neben mir auf die Knie und legt sie mir um den Hals. Sein Atem stinkt nach Bier. Die Kette ist so filigran, dass ich sie kaum spüre, und die Weltkugel kann ich im Dunkeln kaum sehen. Was ich in dem Moment auch nicht sehen kann, im Sinne von ertragen, sind deine Augen.

«Alex, du wirst dich doch trauen, Johnny zu sagen, was du toll an ihm findest.»

Ich blicke dich nicht an, während ich spreche. Ich blicke Paul an, sicherheitshalber. Als ich fertig bin, nimmt Paul den letzten Schluck aus seiner Flasche.

«Haben wir noch Bier?», fragt er.

«Ja, hier», sagst du und wirfst ihm eine Flasche zu, die neben dir liegt. Paul fängt sie auf, aber bedankt sich nicht.

«Mir ist kalt ohne T-Shirt», sagt Ratte.

«Johnny, du wirst dich doch trauen, Alex zu küssen.»

Du bleibst sitzen. Zu lange. Dann beugst du dich zu mir und küsst mich auf die Wange. Deine Lippen sind sanft. Ich sage mir, laut, in meinem Kopf, das ist ein Spiel.

«Ratte, du wirst dich doch trauen, Paul zu küssen.»

Kein Problem für Ratte. Nichts ist ein Problem für Ratte. Als sie von Paul ablässt, wischt er sich mit dem Ärmel übers Gesicht. Ratte lacht, und das Lachen verheißt nichts Gutes. Ich beginne jetzt auch, schneller zu trinken. Oder was ist die Steigerung von schneller, schnellerer? Weil schneller getrunken, das habe ich schon.

«Paul, du wirst dich doch trauen, Alex zu küssen.»

«Ist das Spiel jetzt zu einem schlechten Flaschendrehen verkommen?»

«Psst.»

Paul bleibt sitzen.

«Mach schon», sagt Ratte. Sie befiehlt. Sie legt ihm die Hand auf die Schulter.

«Lass mich», sagt Paul.

Du blickst mich an, von der Seite.

«Komm her», sage ich.

Ich bin's doch nur, will ich sagen und tue es nicht.

«Mach schon», sagst du.

Da steht Paul auf.

Ich weiß nicht, ob es auf der Welt nicht zu viele Küsse gibt, die keine Bedeutung haben.

Es soll diesen einen Kuss im Leben geben, oder ist es der eine Kuss in der Liebe, ich weiß nicht.

«Alex, du wirst dich doch trauen, uns zu sagen, welcher Kuss sich besser anfühlte.»

Ratte zieht am Joint, es ist der letzte Zug, dann drückt sie ihn am Pizzakarton aus und schmeißt ihn weg.

«Ratte, du wirst dich doch trauen, Paul noch einmal zu küssen. Und zwar so zwei Minuten am Stück. Und zwar, während ich deine Freundin herhole und sie dabei zusieht.»

«Du bist ja so ein Arschloch.»

Ich sage nichts.

Ratte steht auf. Sie steht neben Paul. Ich weiß nicht, ob sie überlegt, oder ob sie nur so dasteht neben Paul. Langsam beugt sie sich hinunter, hebt ihr T-Shirt auf und zieht es sich an. Sie tut es langsam, und jede Bewegung sitzt: So, dass wir ihr dabei zusehen müssen, wie sie sich ihr T-Shirt über ihre nackten Brüste zieht.

Ratte geht.

«Ratte!», rufst du.

«Hey», ruft Paul.

Ratte schüttelt den Kopf, aber sie dreht sich nicht um.

«Na, gehst du jetzt? Dann hast du verloren!», rufe ich

hinterher. Dann blicke ich auf meine Füße. Ich habe zwei verschiedenfarbige Socken an, aber ich weiß nicht mehr, welche Farben sie haben, und im Dunkeln kann ich sie nicht erkennen.

Hände auf meinen Schultern. Er schüttelt mich.

«Zufrieden?», fragt Paul.

«Was denn?», sage ich.

Paul dreht sich auch nicht um, als er geht.

Wir beide bleiben sitzen. Du sagst nichts. Also sage ich auch nichts.

«Das macht doch alles keinen Sinn, so», sagst du. Da sind bestimmt zehn Minuten vergangen, aber was weiß ich schon von der Zeit. Das Bier ist alle. Ich habe wieder Hunger, aber auf die übriggebliebenen Stücke Pizza haben wir geascht.

«Das ist nicht mehr in Ordnung. Das weißt du auch, oder, Alex?», sagst du.

«Du bist doch eine von den Klugen», sagst du, aber vielleicht sagst du das nur, weil ich nichts sage. Du füllst die Stille. Das ist wie Spachtelmasse für das, was hätte sein können. Im Übrigen hast du mich sonst immer Alexandra genannt.

«Kommst du?», fragst du.

«Es ist nach Mitternacht», sagst du, nachdem du auf dein Handy geblickt hast.

«Wir sollten zurückgehen», sagst du.

«Morgen ist ein langer Tag», sagst du.

«Weißt du eigentlich, wo wir hier sind?», sagst du, als wäre es dir selbst erst jetzt eingefallen. Du schüttelst den Kopf, als du gehst, und du drehst dich wie die anderen nicht um. Du schüttelst den Kopf über dich selbst, und nicht über mich, merk dir das. Ich habe noch nichts verbrochen.

Unpassende Küsse, und deren mindestens einer zu viel. Das wissen wir, aber wir ahnen nicht, dass der unpassendste noch folgen wird. Ich ahne nicht, dass ich noch gar nicht angefangen habe zu spielen, und niemand von uns weiß um das Ende. Ich schmecke Lippe, während ich Liebe schmecken will. Bier und alles andere auch. Stille um mich herum und Sterne über mir und alles verschwimmt zu einer Erinnerung an Möglichkeiten und einen Wunsch, der nicht mehr zählt.

Am nächsten Morgen ist Ratte nicht im Zimmer. Sie kommt erst herein, als wir uns anziehen. K. will den Lidschatten von L. leihen, D. verbringt eine Ewigkeit im Bad, und M. fragt nach Aspirin, woraufhin D. sagt, das sei ein Gerücht, dass Aspirin gegen Kater helfe. Ich weiß nicht, ob ihnen aufgefallen ist, dass Ratte nicht da ist, und ich sage nicht: Haltet doch endlich, endlich mal die Klappe mit eurem dummen Geschwätz.

Ich trage eine Strickjacke und darunter ein Tanktop, auf dem «Fuck. Shit. Damn. Ass. Hell.» steht. Ich gehe hinunter in den Speisesaal, und sehe dort weder Ratte noch Paul. Du sitzt bei den Lehrern, und du siehst mich nicht oder du willst mich nicht sehen. Ich mache mir ein Müsli, da habe ich was zu tun.

«Mach die Jacke zu», sagt Ratte. Sie taucht auf aus dem Nichts.

«Warum?»

«Ich weiß nicht, ob Fuck und Hell der richtige Dresscode für Auschwitz sind.» Dann verschwindet sie wieder ins Nichts.

Herr Drehmann meint dann doch noch, etwas sagen zu müssen. Wir stehen vor der Jugendherberge versammelt, um loszugehen, wie jeden Morgen, und wir ahnen, dass dieser Morgen nicht wie jeder andere Morgen ist. Also hören wir zu, oder wir geben uns Mühe so auszusehen, als täten wir das, zuhören. Er spricht von Respekt und Verantwortung, er sagt «das Unvorstellbare», und «ein Verbrechen an der ganzen Menschheit» sagt er auch. Er sagt, wir würden niemals verstehen, und versucht sich dann trotzdem an einer Erklärung. Ich sehe, wie du ungeduldig wirst. Ich sehe, wie F. und K. nun heimlich auf ihre Handys schauen. Ich sehe, dass Ratte und S. nicht Händchen halten. Paul sehe ich nicht. Herr Drehmann sagt, wir sollen uns darauf vorbereiten, dem Grauen ins Gesicht zu blicken. Er sagt, er erwartet von uns angemessenes … Da unterbrichst du ihn.

«Wir sollten vielleicht langsam losgehen», sagst du und legst ihm eine Hand auf die Schulter.

Wir laufen ungefähr eine halbe Stunde. Unterwegs versuchen R. und T., Pokémons zu fangen. D. klagt so laut über Kopfschmerzen, dass jeder es mitkriegt, auch die Lehrer. Sie hat schon zwei Aspirin genommen, erzählt sie jedem, der es nicht wissen will. Irgendwann holt mich Paul ein. Aber er sagt nichts, er läuft nur neben mir.

«Hey.»

«Hey.»

Wir kommen an. Wir stellen uns in die Warteschlange für Gruppen und Klassen. Ich wusste nicht, dass man sich in Auschwitz anstellen muss.

Arbeit macht frei.

K. und D. stellen sich nebeneinander hin, K. legt den Arm um D., damit F. beide fotografieren kann. Andere folgen ihrem Beispiel.

«So, dass man das ganze Tor sieht!», gibt R. Anweisung, als er dran ist. «Und mach diesen Retro-Filter drauf.»

Arbeit macht frei, in Retro. N. macht ein Selfie von sich, der hat keine Freunde, die er bitten könnte, ein Foto von ihm zu machen. N. tut mir leid, aber ich biete ihm trotzdem nicht an, ein Bild von ihm zu machen.

«Seid ihr jetzt fertig mit eurer narzisstischen Despektierlichkeit», fragst du. «Können wir jetzt reingehen?»

Wir laufen durch dieses Tor.

Haare. Brillen. Zähne: aus Gold. Bilder, schwarz-weiß. Worte, keine. Pokémons, keine. Worte, wenige. Blauer Himmel. Zwei Schmetterlinge, die sich paaren. Paaren sich Schmetterlinge? Ich war in Bio immer schlecht. Ich interessiere mich nicht für Insekten, sondern für Menschen. Menschen, tote. Und Menschen, die vielleicht keine waren, vielleicht aber doch. Mein Papagei interessiert mich, als einziges Tier. Menschen, die wie Tiere waren, so sagt man das doch. Und warum sagt man das so, weil Tiere unmenschlicher sind als Menschen? Massenmord unter Tieren, ich weiß nicht, ob es das gibt. Durchgeplant und ausgeführt. Vollführt. Von großen, hässlichen Affen vielleicht. Affen-Hitler. Zaun, Zäune. Stacheldraht. Baracken. Ofen, Öfen. Lange Wege, Durst, aber einer, der keiner ist. Ich mag nichts trinken. Vielleicht kann ich hier nichts trinken. Ich lese die Schilder. Todeswand.

«Wo wärest du gewesen», fragt jemand. «Also auf welcher Seite?»

«Ob ich ein Nazi gewesen wäre?»

«Ja.»

«Ja, klar.»

«Hat wer was Süßes», fragt jemand.

«Es ist echt warm», sagt jemand, immer wieder.

Gras, grünes. Rauch, grauer, nicht mehr zu sehen. Schauer, die am Rücken, und die, die nicht kommen. Kommen Schauer? Oder wie sagt man das? Himmel, blauer.

«Wie lange müssen wir denn noch laufen?», fragt jemand.

«Schon krass», sagen alle. Schritte, große und kleine. Gleise, sie haben ein Ende. Ich erzähle mir: Da, wo die Gleise endeten, endete das Leben. Vielleicht sollten irgendwo Tränen sein. Tränen, keine.

«Echt warm», sagt jemand, schon wieder.

«Kannst du dir das vorstellen?», fragt jemand. Ich versuche es. Manchmal sagt man: Es bleibt beim Versuch. Fragen, unbeantwortete. Spiele, gespielte. Blicke, ausgetauschte. Okay, okay. Hey, ich fasse Paul am Arm. Entschuldigungen, unaussprechbare. Das ist der Ort, an dem keine Entschuldigung gilt, und vielleicht ist es auch der Ort, an dem gar nichts gilt. Menschen wie Tiere.

«Können wir uns mal hinsetzen?»

Kann man das, sich hinsetzen, hier ins Gras? Die weißen Schmetterlinge sind wieder da, die von denen ich nicht weiß, ob sie sich paaren, und auch nicht, wie sie heißen. Dann also so: Schmetterlinge, weiße. Türme, Wachtürme. Zaun, Stacheldrahtzaun. Wand, Todeswand.

Ich weiß nicht, was dann passiert ist. Ich wusste ja eigentlich, und ich fühlte, und dann wusste ich eben nicht.

Wir sitzen im Gras, Paul und ich. Über uns der blaue Himmel. Unter uns das grüne Gras. Vor uns ein Galgen. Da haben sie Menschen gehängt. Ich versuche, mir das vorzustellen. Ich konzentriere mich darauf. Paul sitzt neben mir, ich weiß nicht, was er denkt. Ich habe verlernt zu erkennen, was Paul denkt.

«Hey», sagt Ratte und lässt sich neben mich fallen.

«Guten Morgen», sage ich und lege meine Hand auf ihr Knie.

«Hallo», sagt Paul.

Für diesen einen verlogenen Moment ist alles wie immer.

«Es ist wie immer», sage ich, während wir da so vor diesem Galgen auf grünem Gras unter blauem Himmel sitzen.

«Wie früher», sagt Paul.

«Für dich ist es wie immer, für ihn ist es wie früher», sagt Ratte.

Ich brauche ein paar Sekunden, um das zu verstehen, dann frage ich: «Und für dich?»

Ratte schweigt. Sie kann das gut, schweigen. Das ist, weil sie weiß, dass Stille die bessere Antwort ist.

«Müssen wir … irgendwie darüber reden?», frage ich in diese Stille hinein. «Über gestern?»

«Na, dann sag doch mal was dazu», sagt Ratte.

«Wir spielen Spiele, das war schon immer so», sage ich.

Paul schaut mich von der Seite an. Ratte auch, glaube ich, aber ich sehe zu Paul. Pauls Augen sind irgendwas zwischen grün und blau, und diesen gütigen Blick haben sie irgendwie verloren. Also schaue ich weg. Es fühlt sich nicht richtig an, aber wir sind jetzt hier. Das Gras glitzert, das frische, frühlingshafte Grün, und über uns der Himmel. Wir suchen, oder ich suche etwas, das einmal war.

«Eins Komma drei Millionen Menschen», sagt Paul.

«Wahrscheinlich noch mehr», sagt Ratte.

«Ja», sage ich, weil ich ja auch etwas sagen muss.

«Die hatten Spaß daran», sagt Ratte, «am Töten. Die haben Spiele gespielt, wie viele töte ich auf einmal, und ich kann mehr als du. Und hey, komm her, du dahinten, ich mag deinen Haarschnitt nicht. Also töte ich dich.»

«Das ging doch nicht, die haben denen ja die Haare abrasiert, sobald sie hier ankamen, wegen der Läuse», sage ich.

«Du weißt schon, wie ich es meine.»

«Spiele gespielt», sagt Paul, und er setzt sich anders hin, ohne seine Position wirklich zu verändern. Aufrecht irgendwie.

Und ich sacke irgendwie in mich zusammen, aber vielleicht bilde ich mir das auch nur ein. Ich versuche, die Kette um meinen Hals zu spüren, aber sie ist zu filigran. Also greife ich mit der Hand unter die Strickjacke und umfasse die Weltkugel mit den Fingern. Eine Welt, die mir nicht gehört.

«Hey, Alex, was hättest du gemacht?», fragt Ratte.

«Wie, was hätte ich gemacht?»

«Na, hättest du ein Spiel gespielt? Hier, damals?»

«Hey!»

«Was denn?»

«Was soll das denn jetzt?»

«Ich stell doch nur eine Frage.»

«Du liebst doch Fragen», sagt Paul.

«Was hättet ihr denn gemacht?»

«Das weiß ich nicht. Ich hoffe, ich hätte nicht mitgemacht. Oder wäre in den Widerstand gegangen. Ich hoffe es, aber ich weiß es nicht.»

«Ich kann mir das bei dir schon vorstellen», sagt Paul.

«Aber sicher bin ich mir da nicht», sagt Ratte.

«Glaubst du, Alex wäre in den Widerstand gegangen?», fragt Paul Ratte.

«Jetzt wird's fies», sage ich.

«Das ist doch nur eine Frage.»

«Du liebst doch Fragen», sagt Paul.

F. und D. kommen, bleiben vor dem Galgen stehen. Schweigen. Ich wusste gar nicht, dass die das können, schweigen.

«Darf man das, sich einfach so irgendwo hier hinsetzen?», fragt F. uns.

«Glaub schon», antwortet Paul.

«Also jetzt nicht, um ein Picknick zu machen, aber so zum Nachdenken schon», sagt Ratte. «Könnt ihr das, nachdenken?»

Die beiden erwidern darauf nichts und setzen sich hin, ein paar Meter von uns entfernt. Jetzt schweigen sie im Sitzen. Wir nicht. Wir schweigen nicht.

«Stell dir vor ...», beginnt Ratte.

«Lass es», sage ich.

«Stell dir vor ...», wiederholt Ratte.

«Ich spiele nicht mit», sage ich.

«Stell dir vor ...», wiederholt Ratte.

Ich will aufstehen, aber ich weiß nicht, wohin.

«Stell dir vor, Paul, du bist im Widerstand. Würdest du Alex retten?»

«Ja.»

«Stell dir vor, Ratte, du bist im Widerstand. Und du kannst nur einen von uns retten. Wen nimmst du da?», fragt Paul.

«Dich.»

«Ich spiele nicht mit», wiederhole ich.

«Stell dir vor, Alex, du bist im Widerstand. Und du kannst nur einen von uns retten. Wen nimmst du da?»

«Im Moment? Paul.»

«Stell dir vor, Alex, du bist im Widerstand. Und du kannst Paul retten. Aber um ihn zu retten, musst du ihn heiraten. Sonst erschießen ihn die Nazis sofort vor deinen Augen. Du musst ihn heiraten, ihn damit arisch machen oder so. Und dann natürlich mit ihm schlafen, eheliche Pflichten.»

«Das hat damals auch nicht geholfen. Die haben doch auch die jüdischen Ehepartner umgebracht.»

«Egal. Stell es dir vor.»

«Klar rette ich Paul.»

«Klar?»

«Stell dir vor, du müsstest mit Paul drei Minuten lang knutschen, um ihn zu retten», sagt Ratte und steht plötzlich auf. Sie steht jetzt vor mir, und sie ist groß, wenn sie so steht.

«Ja, würde ich machen. Was soll das denn? Ich würde alles tun.»

«Und wenn du wählen müsstest, zwischen mir und Johnny?», fragt Paul leise neben mir.

«Wie, wählen?»

«Du kannst nur einen von uns retten.»

«Ich spiele nicht mit.»

«Jetzt spielt sie nicht mit», sagt Ratte von oben herab. Da stehe ich auf.

Paul erhebt sich daraufhin ebenfalls, ich weiß gar nicht, warum. Aus den Augenwinkeln sehe ich, wie F. und D. zu uns rüberschauen.

«Wir drei waren mal … wir standen über allem», sagt Paul.

«Über allem», wiederholt Ratte. Mit einer Stimme, die ich nicht entschlüsseln kann. Es kann Hohn sein oder Sehnsucht oder einfach die Wahrheit.

«Was habe ich denn getan? Was macht ihr mich denn an? Wir haben ein Spiel gespielt, das haben wir doch schon immer gemacht, dass wir Spiele gespielt haben.»

Sie schweigen.

«Was soll ich denn jetzt machen? Was ist denn euer Problem?»

Sie schweigen.

«Das ist doch jetzt fies!»

Ist doch klar, dass sie schweigen. Ich möchte gehen, aber ich weiß nicht, wohin.

Wut ist ein Gefühl. Liebe ist ein Gefühl. Angst ist ein Gefühl. Angst zu verlieren ist ein größeres Gefühl. Das größte Gefühl ist die Angst vor dem Alleinsein, das habe ich bei meinem Papa gesehen. Liebe ist ein Gefühl, das über alles hinausgeht, über Grenzen. Wut ist ein Gefühl, das kennt keine Zeit. Es kennt nur das Jetzt.

«Komm her, Paul», sage ich, dabei steht er neben mir. Also mache ich einen Schritt nach hinten, noch einen, und ich ziehe ihn hinter mir her, ziehe ihn an seinem blauen Sweater. Paul lässt sich ziehen, und Ratte macht nichts. Ratte sagt nichts. Sie steht nur da, diese Ratte.

Paul und ich, wir stehen jetzt direkt neben dem Galgen, aber ich schwöre, das war keine Absicht.

«Guck mich an», zische ich.

Paul guckt mich an, aber seine Augen sind nicht gütig. Paul ist ein Stück größer als ich, ich habe darüber noch nie nachgedacht. Über Pauls Größe.

Wut ist ein Gefühl. Wut ist dieses Gefühl, das wie Verzweiflung ist, aber mit Kraft. Es ist ein schallendes Gefühl: Man hört nichts mehr. Ich sehe nur noch Paul. Ich sehe Ratte nicht, ich sehe dich nicht, ich sehe mich nicht, ich höre nichts.

Ich will Paul zurück, ich will Paul und Ratte zurück. Ich möchte das Gegenteil fühlen von gestern. Ich will das richtige Gefühl, und ich will nicht immer an der falschen Stelle suchen. Bei Johnny zum Beispiel.

«Guck mich an», zische ich noch einmal, obwohl Paul mich ja längst anguckt. «Sag was.»

Aber Paul schweigt. Was soll er denn auch sagen, und was soll ich sagen, und was sollen wir jetzt noch tun. Wenn alles verloren ist, was machen wir dann, und was ist dann morgen, und was, wenn ich nicht mehr sprechen kann, und was, wenn sie mir nicht antworten wollen. Und was, wenn ich zu viel riskiert habe, und was, wenn Paul auch ein Gefühlsmensch ist, im Sinne von: ein Mensch mit Gefühlen? Und was, wenn die Liebe etwas Destruktives ist, eine Kraft, die dazwischenkommt, wenn sie ein Riss ist, und wir keinen Klebstoff haben? Paul? Haben wir Klebstoff, Paul, sind wir noch, und

Paul, ich habe dich nie gefragt, was denkst, was fühlst, was bist du eigentlich?

«Stell dir vor, ich würde dich küssen», sage ich. «Richtig. Jetzt. Stell dir das vor.»

Pauls Augen werden größer, oder ich bilde mir das ein.

«Hey», sage ich dann. Ich hatte vergessen, wie weich meine Stimme klingen kann. Sie ist schön, meine Stimme. Es wäre schön mit Paul. Das sage ich mir, obwohl es eine Gemeinheit ist. Ich will, dass die Dinge wieder stimmen, jetzt. Sofort. Ich will, dass sie niemals anders waren, und weil das nicht geht, werde ich wütend. Auf mich, auf dich. Ich will Paul küssen, ich will ihm weh tun, ich will, dass Ratte mich noch mehr hasst, ich will wieder zwischen Paul und Ratte liegen, und dass Ratte uns etwas über Sternbilder erzählt, eigentlich will ich, dass du mich küsst, und dann will ich Paul und Ratte nicht um mich haben. Ich will, dass Pauls Augen mich wieder mögen.

Ich küsse Paul. Später weiß ich nicht mehr, ob Paul mich auch geküsst hat.

Ich halte ihn immer noch an seinem Sweater fest. Ich ziehe an ihm, als könnte mich das retten, aber ich weiß nicht mehr, wovor ich gerettet werden will, also ziehe ich noch ein bisschen fester. Im Küssen beiße ich Paul auf seine weichen Lippen. Stimmen.

«Spinnt ihr!», ruft jemand, der nicht Paul ist. Es ist auch nicht Ratte.

«Drehst du jetzt vollkommen durch?», zischt jemand. Jemand reißt Paul von mir weg, oder mich weg von Paul, jemand zieht mich, aber niemand redet, oder es reden zu viele. Pauls Augen sind noch groß, und sonst sehe ich nicht viel. Der Himmel ist immer noch blau.

Herr Drehmann und so ein Auschwitz-Mitarbeiter. Sagt man das so, Auschwitz-Mitarbeiter? Bestimmt gibt es ein besseres Wort dafür. Gedenkstättenaufsichtspersonal. Herr Drehmann spricht, das Gedenkstättenaufsichtspersonal schimpft. Sie sind ein Zweigespann. Menschen teilen sich gern in Zweigespanne. F. und D. sind ein Zweigespann mit Publikum: Sie erzählen einer Horde, zeigen auch Fotos dazu. Eine Frau und ihr Mann. Sie deutet mit dem Finger auf mich. Ich glaube das, dass sie mit dem Finger auf mich zeigt. Paul und Ratte sind jetzt auch ein Zweigespann. Ratte steht neben Paul, Paul steht neben Ratte. Sie hat den Arm um Paul gelegt, obwohl Paul größer ist. Es sieht richtig aus. S. lungert in ihrer Nähe herum, und es ist Paul, der sie zu ihnen winkt. Jetzt sind sie zu dritt, aber trotzdem zwei Zweigespanne, das geht auch. Das ist der schlimmste Tag. Du siehst mich nicht an, du beobachtest die Situation. Du beobachtest, um mich nicht ansehen zu müssen.

Dann verlassen wir das Gelände.

Alex und Paul, kriegen die Ärger, richtig geknutscht, krass, echt, hast du es gesehen, haben die was, die spinnen doch, die spinnt doch, die waren doch, der, echt, hat es überhaupt jemand gesehen, und dann, ein Foto, wo denn, Alex, nicht Ratte, Ratte ist doch mit S., Ratte ist doch jetzt eine Lesbe, lass mal das Foto sehen, woah, krass, das stimmt ja, wo ist das Foto, lass mal sehen, könnt ihr jetzt bitte weiterlaufen, du auch, sieht heiß aus, der Kuss, wer hätte denn gedacht, die beiden, Paul, die Sau, Alex, die Sau, und dann tun die immer so, ich wusste schon immer, die tun doch nur so, ist das alles eine Show, wir müssen Ratte fragen, wo ist denn Ratte, hey, S., hast du Ratte gesehen, wer hat denn jetzt nun das Foto, schon gepostet, Alex und Paul, voll krass, na, langweilig wird's hier nicht, hat jemand was zu trinken, kriegen die 'nen Verweis, die kriegen so was von Ärger, Alex und Paul, also ich hätte das nicht, dort, aber geil ist es schon irgendwie, Alex und Paul, echt. Ja, echt, Alex und Paul.

«Was habt ihr euch denn dabei gedacht?»

«Gerade ihr, also bei euch hätte ich wirklich niemals gedacht, dass ihr, also wirklich!»

«Anstand, Anstand und Respekt, habt ihr davon schon mal gehört?»

«Skandalös! Das ist ein skandalöses Verhalten!»

«Pietät! Wisst ihr, was das heißt?»

«Was geht denn in euren Köpfen vor, verdammt noch mal?»

Herr Drehmann.

«Habt ihr jetzt richtig was miteinander?»

«Was hat denn Herr Drehmann zu euch gesagt? Und Herr Spitzing?»

«Kriegt ihr jetzt einen Verweis?»

«Hast du schon gesehen, jemand hat das Foto von euch auf Facebook und Twitter gestellt.»

Das sind die anderen alle.

Auf dem Foto küssen sich ein Mädchen und ein Junge. Der Galgen ist klar zu erkennen, und auch der blaue Himmel. Die weißen Schmetterlinge, die mich den ganzen Tag begleitet haben, sieht man nicht. Das Gesicht des Mädchens wirkt irgendwie verzerrt, ich weiß nicht, wie man das nennt, weil es nicht Wut ist und nicht Leidenschaft und auch kein Schmerz. Es ist verzerrt, und es ist das Gegenteil von schön. Vom Jungen sieht man aus dem Winkel, aus dem das Foto aufgenommen wurde, nicht viel. Als spiele der Junge keine Rolle. Das dachte auch der Junge, dass er keine Rolle spielt. Der Junge war mein allerbester Freund, das war eines Tages.

Ich sitze auf meinem Bett. Ich lege mich auf mein Bett und ziehe mir die Decke über den Kopf. Ich will schlafen. Aber im Liegen werden die Dinge noch schlimmer, alles um mich herum ist schwarz, die Gedanken drehen sich, und sie wollen sich nicht fassen lassen. Ich setze mich ganz schnell wieder auf und nehme mein Handy zur Hand und lese die Kommentare unter dem Foto.

«Hier», sagt S., als sie hereinkommt. Sie stellt einen Teller vor mich. Kartoffelpüree und Schnitzel. Und eine Flasche Cola hat sie auch mitgebracht.

«Ich dachte, du magst vielleicht was essen.»

«Danke.»

Dann geht sie.

Das Foto wird bis zum Abend über fünftausend Mal auf Facebook geteilt. Der Hashtag bei Twitter heißt #auschwitzkuss, und dort wird das Bild bis zum Abend 12 357 Mal weitergetwittert.

Du kommst auch einmal herein.

«Jede Grenzüberschreitung hat ihre Grenzen, Alex.»

«Das Gefühl für andere, das fehlt dir vollkommen, Alex.»

«Das Leben ist kein Spiel, Alex.»

«Wenn die Dinge anders gewesen wären, dann hätten wir, aber, Alex, du weißt doch, wie die Umstände sind.»

«Ich hätte dir mehr Menschlichkeit zugetraut, Alex.»

Immerzu sagst du Alex. Ich antworte nichts, und irgendwann gehst du. Beim Hinausgehen drehst du dich noch einmal um: «Jedes Spiel hat ein Ende.»

Erst später fällt mir ein, ich will kein Konjunktiv sein, wäre eine gute Antwort gewesen.

Ratte sagt nichts. Und Paul sagt nichts. Ich denke mir, vielleicht hat es Ratte und Paul niemals gegeben. Ich habe Heimweh, wie ein kleines Kind. Ich will nach Hause, und ich will zu meiner Mutter.

Pietätlos, schamlos, Sittenverfall, missratene Jugend, die trauen sich aber was, Geschichtsbewusstsein, dreist, unverfroren, Verfall der Jugend, wie geil ist das denn, ordinär, heiliger Ort, voll krass ey, das Ende des Anstands, ich kann nicht aufhören, die Kommentare zu lesen.

FÜNF

Hallo», sagt mein Papa am Bahnhof.

«Ich hab ein Foto von dir gesehen. Schön. Von dir und Paul, ein schönes Foto», er versucht es mit Humor. Ich halte mich an seinem Hals fest.

«Na, komm schon, ich bring dich nach Hause. Astrid wartet», sagt mein Papa.

«Wo ist denn eigentlich Paul?», fragt jemand, sodass es der ganze Bahnsteig hört, oder ich höre es nur, oder diese Frage verbreitet sich einfach, von Mund zu Mund, sie wird weitergereicht, bis die Frage zu einer Aussage wird.

Wo ist denn eigentlich Paul.

Paul ist verschwunden.

Paul ist verschwunden, es sind jetzt sechs Tage, und ich merke, dass ich dich dafür zu hassen beginne. Das hilft, damit ich mich selbst nicht hassen muss.

Wir trinken Kaffee, mein Papa und ich. Wir trinken ihn leise. Wir sprechen nicht miteinander und achten darauf, die Tassen möglichst geräuschlos auf den Tisch zu stellen und den Löffel beim Umrühren des Zuckers möglichst nicht gegen den Rand klirren zu lassen. Wir huldigen sozusagen der Stille, aber vielleicht bin ich es nur, die das tut, während mein Papa einfach seinen Kaffee trinkt. Die Zeitung lassen wir ungelesen liegen. Wir wollen keine Bilder sehen, weil wir befürchten, dass da eines dabei ist, auf dem wir jemanden erkennen könnten, den wir sehr gut kennen, also mich. Ich befürchte das, und noch mehr befürchte ich, dass mein Papa das befürchtet. So ist das bei uns.

«Setzt die Jugend der Erinnerungskultur ein Ende?», ist eine der Überschriften gewesen. Der Zentralrat der Juden hat sich geäußert, zur Erinnerungskultur bei deutschen Jugendlichen. Zu dem Moment, als ich Paul küsste. Der Zentralrat der Juden weiß nicht, dass ich Paul aus Verzweiflung geküsst habe, weil ich ein Spiel verloren hatte und weil der Einsatz in diesem Spiel meine Freunde waren, der Zentralrat der Juden weiß nichts davon, dass meine Freunde meine Familie waren, und dass ich an die Liebe geglaubt habe wie so ein dummes Ding. Der Zentralrat der Juden weiß nicht, der Kuss hatte nichts mit Auschwitz zu tun und nichts mit den toten Juden. Selbst mit Paul hatte der Kuss nicht viel zu tun.

Ich versuche, mich nicht zu fragen, ob du. Nimmst du die Zeitung, schlägst du sie auf, schneidest du Artikel aus, liest du sie online, speicherst du sie ab, in einem Ordner, der wie heißt? Der Kuss? Alex? Alexandra? Paul? Auschwitz? Hast du den gelesen, in dem sie vom Verlust jedweder identitätsstiftenden Symbolik von Auschwitz sprechen, oder den mit dem Höhepunkt der Barbarisierung von Gedenkstättenkultur? Sie nennen Paul und mich gefühllose Barbaren. Sie kennen Paul nicht, wissen also auch nicht, dass ihm die komplizierteren Wörter gefallen würden. Sie wissen nicht, dass Paul der anständigste Mensch der Welt ist.

Über dich steht in all diesen Artikeln nichts. Da steht was von Erinnerungsarbeit. Ich denke über das Wort Erinnerungsarbeit nach und ich mache mir die Arbeit, mich nicht zu erinnern, aber ich glaube, das meinen sie nicht. Niemand hat diese Geschichte verstanden, und ich kann ihnen das Warum nicht erklären.

«Gehst du auch mal wieder zur Schule?», fragt mein Papa.

«Ist Paul wieder da?», frage ich.

«Antwortest du jetzt in Fragen?»

«Wäre das ein Problem?»

Nachdem mein Papa seinen Kaffee ausgetrunken hat, steht er leise auf, stellt seine Kaffeetasse in der Spüle ab, geht um den Tisch herum und gibt mir einen Kuss auf die Stirn. Ich denke sofort an Ratte, die das auch immer so gemacht hat mit dem Kuss auf die Stirn, was ich entweder als beruhigend, oder als herablassend empfunden habe. Ich überlege, ob das neu ist, ob das seitdem ist, dass er mich küsst, bevor er das Haus verlässt. In der neuen Zeitrechnung sozusagen, vor dem Kuss und nach dem Kuss, und während ich all das überlege, fragt er mich, was ich denn heute vorhabe, wenn ich schon zu Hause bleibe, was so eine Art Oxymoron-Frage ist: Ich und vorhaben, das geht gerade so gar nicht zusammen.

Rhetorische Frage. Es heißt rhetorische, nicht Oxymoron-Frage. Das fällt mir ein, und dann fällst du mir ein, und wie du mich fragtest: «Was ist die beste rhetorische Frage der Welt?» Und wie ich dir antwortete: «Liebst du mich? Da gibt es doch keine gute Antwort darauf.»

Da hast du gelächelt.

Mein Papa ahnt das mit der rhetorischen Frage, deshalb wartet er die Antwort gar nicht erst ab, sondern geht aus der Küche, und ich weiß mehr, als dass ich es höre, dass er seine Jacke und seine Schlüssel nimmt, und während ich darauf warte, dass die Tür ins Schloss fällt, kommt er noch mal zurück und nimmt sich die nicht aufgeschlagene Zeitung vom Tisch. Er schaut mich dabei nicht an, und ich beobachte ihn, ohne ihn anzuschauen, dann geht er, und die Tür fällt leise ins Schloss.

Sie sagen, es geht hier um Respekt, aber sie verstehen nicht. Die Geschichte spielt keine Rolle, nicht für meine Geschichte. Der Ort war eine Zufälligkeit ohne Bedeutung. Die Geschichte, die hier passiert, wer liebt hier wen, ist zu simpel, als dass sie eine Rolle für die Geschichte spielen könnte. Sie sagen, aber sie verstehen nicht.

Du hast mich auch nicht angeschaut, nicht mehr. Das letzte Mal, als du mich zum Konjunktiv degradiert hast, und auf der Rückfahrt kein einziges Mal. Jedes Spiel hat ein Ende, waren deine letzten Worte, und ich will nicht glauben, dass du recht damit hast.

Ich warte dann für den Rest des Tages, und ich habe aufgehört, mir die Frage zu stellen, worauf. Das ist vielleicht ein Fortschritt.

Abends ist es am schlimmsten. Abends ist es schlimmer als nachts. Nachts darf ich träumen, unter der Decke, und ich achte darauf, sie mir wirklich ganz über den Kopf zu ziehen, über jedes einzelne Haar. Nachts darf ich träumen, auch dich mir zurecht. Abends weiß ich nicht weiter. Also tigere ich durch die Wohnung.

«Komm, wir schauen Filme. Jeden Abend einen. Wir nehmen uns einen Regisseur vor», schlägt mein Papa vor. Da fange ich an zu weinen. Mein Papa hält mich sofort, und er streichelt mir über den Kopf, ganz behutsam, fast schüchtern.

«Nananana», sagt er, als wäre ich noch klein, und als wäre meine Mutter noch am Leben.

«Was ist denn mit Ratte?», flüstert Papa in meine Haare hinein. Da weine ich noch mehr.

Papa und ich schauen Filme, jeden Abend einen, seit ich zurück bin. Er zählt die Tage in Filmen, und ich zähle Tage.

«Wir wollen alle Hitchcocks sehen», sagt Papa. «Du willst doch Cineastin werden, nicht?»

Ich sage ihm nicht, dass das kein Beruf ist, dass man das so nicht sagen kann, Cineastin werden, und ich frage ihn:

«Alle Hitchcocks? Und dann, ist dann alles wieder gut, und ist Paul dann wieder da?»

Mein Papa sagt nichts dazu, er stellt auch keine Fragen. Mein Papa sagt, ihm hat «Vertigo» bisher am besten gefallen, und ich erwähne nicht, dass ich «Vertigo» schon gesehen habe, mit Ratte und Paul. Und ich erwähne nicht, dass das einer der romantischsten Filme ist, die ich je gesehen habe, und dass das genau die Art von Romantik ist, auf die ich stehe, und ich frage dich nicht, ob das die Art von Romantik ist, auf die du stehst. Ich frage dich nicht, das geht nicht, und vielleicht werde ich dich nie wieder etwas fragen.

Ich sage verschwunden, aber eigentlich weiß ich, dass Paul gegangen ist. Wegen mir, wegen dir, wegen uns. Wegen dem, was passiert ist, und dem, was niemals sein wird, und weil ich nicht zuhören konnte, und weil Ratte nicht zugehört hat, und weil wir alle. Weil wir es immer noch für ein Spiel hielten, als es schon lange unser Leben war, und weil du und ich, obwohl, seien wir mal ehrlich, ein Du und Ich gab es nicht. Er ist gegangen, und dahinter steht definitiv ein Wegen.

Ich warte auf einen Anruf. Jeder Morgen, selbe Zeit.

Hätte mir vor sechs Tagen jemand gesagt, ein Anruf von Herrn Drehmann könnte ein Lichtblick in meinem Leben sein, ich hätte diesen Jemand … aber so was von. Ich hätte, ich hätte, ich hätte, alles ist zurzeit ein Ich hätte. Vielmehr noch ein: Ich hätte nicht.

7 Uhr 29, sagt mein Wecker.

«Ja?»

Ich melde mich nicht mit Namen, so weiß er, dass ich weiß.

«Guten Morgen!»

Er meldet sich auch nicht mit Namen. Ich nehme an, aus demselben Grund.

«Morgen, guten Morgen.»

«Ich wollte nur mal hören, wie es dir so geht. Was du machst. Wie du dich fühlst, heute.»

«Danke, das ist nett.»

Ich schweige dann ein wenig. Ungefähr dreiundvierzig Sekunden. Dreiundvierzig Sekunden können wahnsinnig lang sein, wenn man in der Telefonleitung hängt. Sie können wahnsinnig kurz sein, wenn man bleiben will, in einem Moment. Dreiundvierzig Sekunden sind sehr variabel. Wenn man zum Beispiel jemanden küsst, dann hängt es von dem anderen ab, ob sie unerträglich lang sind oder ganz kurz. In diesem Fall sind sie lang, und das Schweigen keine Absicht. Es ist eine Antwort, die Herr Drehmann nicht hören will.

«Und? Wie geht es dir? Wie fühlst du dich, heute?»

Ich weiß nicht, warum er das heute betont. Ich weiß nicht, warum es heute anders sein sollte als gestern, und ich weiß, dass morgen bald vorgestern sein wird. Ich weiß außerdem, vor einer Woche war die Welt noch in Ordnung. Meine Welt, und seine wahrscheinlich auch. Ich weiß, dass ich das kann: Welten durcheinanderbringen. Auch fremde.

Ich schweige.

«So wie gestern geht's mir. Aber danke der Nachfrage, wirklich», antworte ich dann doch. Wenn er wüsste, wie viel Herz in dieser Antwort steckt, wie viel Wollen. Dieselbe Frage, ein anderer, der sie stellt. Du hast dich nicht gemeldet. Du hast nicht angerufen. Du hast nicht geschrieben. Du hast eigentlich nichts.

«Von Paul hast du wahrscheinlich auch weiterhin nichts gehört?»

«Yepp.»

«Aber immerhin, er hat ja seinen Eltern geschrieben, dass es ihm gutgeht. Also wissen wir wenigstens das.»

Wissen wir das? Wir schweigen dann noch, und diesmal schweigen wir zusammen. Das ist, ehrlich gesagt, der beste Moment des Tages, das weiß ich jetzt schon. Weil Schweigen nun mal nicht gleich Einsamkeit ist.

«Bleibst du dabei, was wir besprochen haben? Dass du dich dem Internet fernzuhalten versuchst?»

«Ja.»

Ich habe es versucht, und es nicht gepackt, und das gilt für dich, und alles andere auch, und das Internet ist von alldem wahrlich mein geringstes Problem. Den schweigen wir dann, diesen Gedanken.

Ich weiß nicht, warum Herr Drehmann denkt, dass es gut für mich ist, nichts zu lesen. Wenn ich lese, dann denke ich nach. Wenn ich nicht lese, fühle ich nur. Fühlen ist ein Schmerz, und Denken ist Arbeit. Wenn ich lese, dann denke ich darüber nach, was Paul wohl zu dem sagen würde, was ich da lese, und dann lache ich über seine Kommentare in meinem Kopf. Ich antworte ihm und gebe mir Mühe, klug dabei zu klingen, obwohl ich nicht wirklich mit ihm rede, ist ja klar. Wenn ich darüber nachdenke, was Paul wohl sagen würde, zur Erinnerungsarbeit, zur Blasphemie, zur Banalisierung von Gedenkorten, wenn ich darüber nachdenke, was sein Lieblingswort wäre aus all diesen Artikeln, dann denke ich nicht über dich nach. Und deine Lieblingsworte. Ich tue dann so, als würde ich nicht fühlen.

Mein derzeitiger Lieblingstweet geht so: «Ein Kuss ist ein Kuss. Vielleicht bringt er Liebe an diesen Ort zurück.» Ich glaube, dieser Tweet würde dir gefallen, er will nicht zu viel und versucht sich als vorsichtiger Gedanke.

Schwarze Milch.
Gerade Kurve.
Offenes Geheimnis.
Friedenspanzer.
Wahlpflicht.
Alter Knabe, geliebter Feind, Mietkauf.

Das sind Oxymora. Oxymora ist die Mehrzahl von Oxymoron. Ein Oxymoron ist ein Wort, das aus zwei sich widersprechenden Begriffen besteht. Es ist ein Stilmittel, das heißt, man stellt bestimmte Worte an bestimmte Stellen, um zu verstärken, was man sagen will. Leute, die Reden schreiben, machen das zum Beispiel. Ich sammle Oxymora. Ich sammle Oxymora, und ich schreibe «Unsere Liebe» auf die Liste. In mein blaues Notizbuch. Shit that matters.

Schaufeln stille Schafe schonungslos scharfe Speere stundenlang in den Schnee?, das ist eine Alliteration und eine rhetorische Frage. Das habe ich von dir gelernt. Eine Alliteration muss keinen Sinn ergeben, hast du gesagt. Nichts muss einen Sinn ergeben, hast du gesagt. Ich weiß nicht, ob du recht mit diesen Sachen hattest.

Die weiße Taube ist eine Allegorie für den Frieden. Die Champagnerflasche ist eine Allegorie für alles, was niemals war, und es ist auch ein bisschen eine für Freundschaft.

Wenn man eine Grenze übertritt, die hinter der eigentlichen Grenze liegt, dann gibt es nicht diesen einen Schritt zurück, und jedes Wort, das mit Entschuldigung beginnt, ist ein Versuch, der nichts kann. Ich wusste es, auch ohne das Foto. Das ist eine Anapher.

Mein Lieblingsstilmittel heißt Hysteron-Proteron, das klingt irgendwie gut, und es ist nicht einfach, dafür ein Beispiel zu finden. «Ihr Mann ist tot und lässt Sie grüßen», das war dein Beispiel von Goethe, und meines geht folgendermaßen: Ich habe auf dich gehofft, um dich gehen lassen zu können.

Ich glaube übrigens, du hast unrecht behalten. Ich glaube, am Ende ergibt alles einen Sinn.

«So, jetzt ist hier mal Schluss mit dem Herumliegen. Du gehst nicht zur Schule, das ist okay. Aber du liegst mir auch nicht die ganze Zeit im Bett. Jetzt stehst du mal auf, wir öffnen mal das Fenster und lassen Luft herein, und dann gehst du mal unter die Dusche. Jetzt beginnt hier mal wieder das Leben», sagt Papa. Es ist Samstagmorgen. Ich liege ganz unter der Decke. Ich sage nichts.

Es ist Tag sieben, und ich werde ihn im Bett verbringen.

Papa öffnet das Fenster. Ich drehe mich auf die andere Seite. Mein Papa und ich. Durch das Fenster kommt Wind.

«Und jetzt zieh dich mal an. Auf geht's. Wir gehen Brötchen holen und auch vor zum Zeitungskiosk. Und wir kaufen alle Zeitungen. Ich sammle jetzt, was über meine Tochter so in der Zeitung steht.»

Mein Papa und der Humor. Daran scheitert er, das ist so wie mit dem Leben bei ihm. Da scheitert er meistens auch, seit meine Mutter gestorben ist.

Mein Papa hat seine Frau verloren. So sieht er auch manchmal aus: als hätte er etwas verloren. Er steht dann so da, und schaut sich um, auf der Suche, verwirrt, ein ängstliches, zu groß geratenes Kind. Wer hat das arme Kind in ein Hemd gesteckt? Und gebt ihm bitte sein Spielzeug zurück.

Mein Papa beschloss dann, in der Traurigkeit leben zu bleiben. Auch aus Bequemlichkeit. Der Mensch ist ein Gewohnheitstier. Seine Traurigkeit ist, glaube ich, hellblau wie alle seine Hemden, und sie hat mit Trauer nichts zu tun. Sie passt auf ihn auf. Das sage ich mir gerne so. Dabei steht jeden Morgen, wenn ich in die Küche komme, ein Teller auf dem Tisch. Darauf liegt ein geschmiertes Brötchen: Aprikosenmarmelade, Nuss-Nougat-Creme und Erdnussbutter, alles aufeinandergestrichen. Ich frühstücke immer dasselbe, auch jetzt noch, wo mein Leben und so.

Mir fällt ein, während ich so daliege, Papa das Fenster öffnet und auf den Boden geworfene T-Shirts einsammelt, dass ich bald Geburtstag habe. Bald, es sind noch drei Tage. Achtzehn. Da lebt man darauf hin, und dann das. Und dann das, und dann du, und wenn ich ehrlich wäre, dann müsste ich sagen: dann ich. Und jetzt haben wir den Salat, auch den in der Zeitung.

Der Wind weht zum Fenster herein. Ich ziehe die Decke über die Schultern, ich werde aufstehen müssen, Papa zuliebe.

Ich gehe im Pyjama ins Bad, um zu duschen. Das Fenster steht offen, frische Luft in das von Gedanken verseuchte Zimmer.

Da liegt ein Brief im Briefkasten, für mich. Mein Name drauf. Die Schrift ist das, was man, glaube ich, ausladend nennt, sie ist verschnörkelt. Als hätte sich jemand über jeden Buchstaben einzeln Gedanken gemacht. Hat er aber nicht, das weiß ich. Der schreibt immer so, so ist er.

Alexandra

Mein Name ist wie gemacht für diese Schrift. Julia oder Nina sähe nicht gut darin aus.

«Ein Brief. Für dich», sagt Papa, der eine Vorliebe fürs Offensichtliche hat.

Ich beobachte meine Finger, mit denen ich den Brief umdrehe, ich beobachte, ob sie zittern. Man sagt das doch so: Mit zitternden Händen nahm sie den Brief, auf dem ihr Name stand. Ich reiße ihn nicht auf. Meine Finger zittern nicht, aber mein Herz klopft. Das ist die Angst, die da klopft.

Die Menschen wollen glauben. Man möchte glauben an die Liebe. Man möchte glauben an die Jugend, und an das Jetzt, und an das Gefühl im Jetzt. Man möchte glauben, dass die Dinge gut werden am Ende, und wenn das Leben lacht und sagt, ach, ist das nicht naiv, wie die geglaubt hat, dann möchte man glauben, dass man gelernt hat aus dem, was nicht gut geworden ist. Man möchte glauben an die Eltern. Meine Mutter hat mich eines Besseren belehrt.

Man möchte glauben an Freunde, ich aber habe ihnen den Glauben genommen. Man möchte glauben an sich selbst. Ich habe Paul geküsst.

Ich möchte glauben, weiterhin an das Ende, das gute, und ich möchte nicht mehr glauben, an uns. Ich möchte nicht denken, du bist ein Ende von allem. Ein Anfang konntest du nicht sein.

Ich stelle mir Paul vor, wie er schreibt. Zeile für Zeile, Wort für Wort, Gedanke für Gedanke, Gefühl für Gefühl. Haarsträhne im Gesicht. Manchmal legt er den Füller beiseite, Paul schreibt immer noch mit Füller, und er nimmt einen Schluck Bier. Als er fertig ist, faltet er das Papier, ohne den Brief noch einmal zu lesen, und tritt vor die Tür. So stelle ich es mir vor. Ich stelle mir die Dinge gerne so vor, dass sie nicht nur Dinge sind, und wir nicht nur wir. Briefe schreibt man nachts, und die Sterne funkeln, und möglicherweise passiert noch etwas von Bedeutung: Keine Sternschnuppe, das wäre zu naheliegend, aber ein Hund bellt, oder besser noch ein Fuchs, oder im Mondlicht, unter den funkelnden Sternen sieht er drei Steine, drei große Steine, und er denkt bei der Zahl Drei sofort an uns, oder. Irgendwas. Die Kameraführung ist langsam, und ich lege noch Musik darunter.

> Oh I'll be the one who'll break my heart
> I'll be the one to hold the gun
> I know more than I knew before
> I know more than I knew before
> I didn't rest, I didn't stop
> Did we fight or did we talk?
> *Feist*

Und ich halte die Kamera drauf, ich lasse Paul da stehen, in diesem sanften Sternen- und Mondlicht, mit dem Brief in der Hand. Er hat ihn zugeklebt, aber jetzt würde er ihn gerne noch einmal aufreißen, umschreiben, andere Worte wählen, zartere, explosivere, er würde noch einen Satz streichen, einen in der Mitte und einen am Schluss. Aber er tut es nicht. Den Brief steckt er sich in die Brusttasche, und für diese Vorstellung muss Paul etwas anderes tragen als das graue T-Shirt, in dem ich ihn in meiner Vorstellung habe. Also tue ich das: Ich ziehe ihm in meiner Erinnerung ein weißes Hemd an, eines mit Brusttasche. Er steckt den Brief hinein und bleibt stehen, da vor dem Haus, da im Mondlicht, er steht und er weiß. All das, was ich noch nicht weiß.

Ich denke mir, dass Paul gut aussehen würde in so einem weißen Hemd, ich denke, dass ein weißes Hemd Paul gerecht werden würde, irgendwie. Und dann denke ich wieder an das graue T-Shirt. Als ich Paul küsste, und ich kann mich wirklich nicht daran erinnern, ob es ein gegenseitiger Kuss war, trug er einen dunkelblauen Sweater, an dem ich immerzu zog, er roch nach Aftershave, und er schmeckte nach Vorsicht und Angst. Ich glaube, dass Paul mich nicht mehr mochte, obwohl er mich liebte, in diesem Moment, da unsere Lippen … wie sagt man das, aufeinandertrafen, unsere Lippen, in denen Abscheu lag. Ich glaube, Paul schmeckte auch noch Abscheu.

Ich kann mir nicht vorstellen, wie Paul wieder ins Haus geht, also stelle ich mir vor, wie er einfach irgendwann losläuft, den langen Feldweg entlang, den, der in die Stadt führt, nicht den, der ins Konzentrationslager führt, er läuft langsam, bedacht, er hat keine Eile, obwohl er ein Ziel hat, eine seltene Kombination. Er muss nichts denken, weil er fühlt.

«Der schreibt dir?», und sie betont das dir.

Das hätte ich auch so gemacht.

Ich stehe vor ihrer Tür, den Brief in der Hand, und der Brief ist zum Lesen und Festhalten zugleich.

«Ja.»

«Mir hat er nicht geschrieben.»

Schweigen.

«Lässt du mich jetzt rein?»

Schweigen.

«Lässt du mich betteln? Ich würde nämlich. Ich würde echt. Ich würde auch auf die Knie fallen, wenn du jetzt die Tür aufmachen würdest, und ich würde bitte,

bitte winseln, und ich würde alles versprechen. Ich glaube, Liebe hat etwas damit zu tun, dass einem der andere wichtiger ist als sein Stolz. Also bettle ich, wirklich. Bitte, Ratte. Bitte.»

«Was ist dir denn wichtig?»

«Du. Paul. Wir. Und sag jetzt bitte nichts. Ich weiß, ich weiß. Und ich wünschte, ich hätte nicht, und wenn ich die Uhr zurückdrehen könnte, und ich weiß, das sagt man nur so, aber ich würde wirklich alles auf der Welt …»

«Alles auf der Welt? Alles?»

«Alles. Glaub mir, alles.»

Ich stelle mir mit Absicht nicht die Frage, ob ich ab hier zu lügen beginne.

Die Tür geht auf. Und ich fühle mich noch schäbiger als zuvor. Ratte trägt eine grün-schwarz karierte Pyjamahose und ein The Shins-T-Shirt. Sie steht da.

In Büchern fallen sie sich immer um den Hals.

I know that things can really get rough when you
go it alone
Don't go thinking you gotta be tough, to play like
a stone
Could be there's nothing else in our lives so critical
As this little home!

The Shins

Sie dreht sich um und geht mir voraus in ihr Zimmer, und ich mache einen einzigen Hüpfer hinter ihr. Irgendwohin mit der Freude.

Sie, im Schneidersitz auf ihrem Bett. Streichelt Purzel. Ihre Mutter hat ihm den Namen gegeben. Er ist schwarz, der Hund. Der Name ist einfach nur bescheuert.

Ich, im Schneidersitz auf dem Boden. Ich, früher: ausgestreckt auf ihrem Bett, die Decke anstarrend. An der Decke hat sie Bandposter hängen. Sie tauscht sie aus, alle paar Wochen. Daliegen und Rattes Poster anstarren, und wenn man mich später fragt, was hast du mit siebzehn gerne gemacht, dann wüsste ich das zu erzählen. Ich versuche, nicht an früher zu denken.

«Er schreibt also dir.»

«Ja.»

«Und?»

«Da.»

Ich lege den Brief behutsam auf ihr Bett und hoffe, dass sie die Behutsamkeit sieht.

«Die Briefmarke.»

«Ja. Polen.»

«Das ist ja schon mal mehr Info als die ‹Es geht mir gut›-SMS, die er an seine Eltern schickt.»

«Dann muss er ja …»

«Ja.»

Sie nimmt den Brief in die Hand.

«Er ist noch zu.»

«Ja.»

«Und?»

«Ich dachte, wir machen ihn zusammen auf.»

Sie schüttelt den Kopf, und gibt ihn mir zurück, ebenfalls behutsam.

«Du liest.»

«Ich will ihn mit dir lesen.»

«Er ist an dich adressiert.»

«Aber wir drei haben doch keine Geheimnisse voreinander. Wir sind …»

Sie unterbricht mich, und ich bin ihr dankbar. Ich hätte kein Ende für diesen Satz gewusst.

«Das gibt es nicht mehr, uns drei.»

«Doch, klar. Nur weil …»

Ich weiß auch für diesen Satz kein Ende.

«Den Satz willst du nicht wirklich beenden, oder?»

Ich schüttle den Kopf.

Wenn Ratte nach einem Streit freundlich und nett ist und so fern wie der Mond, wäre es mir eigentlich lieber, sie schrie wieder. Dann hätte ich sie. Wenn ich das, was passiert ist, als Streit bezeichnen und sie fragen würde, warum sie nicht laut ist, dann würde sie möglicherweise schreien. Ich habe sie gerade nicht.

«Jetzt?», fragt sie.

Jetzt.

Ratte steht auf, zieht ihre Chucks an, die uralten grünen, die zerlöcherten, und pfeift einmal kurz, woraufhin Purzel fröhlich vom Bett springt. Die beiden verlassen das Zimmer. Sie küsst mich nicht auf die Stirn, sondern geht einfach hinaus, ohne sich noch einmal umzudrehen. Die Erinnerung an verlorene Gesten.

Ein paar Nächte, nachdem meine Mutter starb, wachte ich auf, das geschah damals ständig. In den Nächten kam die Angst, und ich überdeckte sie mit lautem Weinen. Ich kroch ins Bett zu meiner Tante, die ein paar Wochen bei uns wohnte, und ich weiß nicht mehr, ob die Wochen Tage oder Monate waren. In dieser einen Nacht schlief sie aber noch nicht, ich hörte Stimmen aus dem Wohnzimmer. Ich hörte gerne Stimmen aus dem Wohnzimmer, weil es mich ablenkte von den Tränen, die herauswollten. Ich tapste mit meiner bunten Kuscheldecke ins Wohnzimmer. Die hatte mir meine Mama gehäkelt, als ich noch nicht auf der Welt war, sondern nur in ihrem Bauch, aber daran darf ich nicht denken, ich bin sieben, es ist erst ein paar Tage her, und ich habe noch nicht gelernt, Mama durch Mutter zu ersetzen, weil es einfacher auszusprechen ist. Ich hörte Stimmen, eine davon war die von meinem Papa.

«Ohne sie kann ich nicht …»

Diesen einfachen halben Satz. Ich glaube, dieser halbe Satz ist die Wahrheit in seinem Leben. Ich dagegen lerne, ohne dich zu sein, zumindest glaube ich das, und der Glaube ist ein großartiges Gefühl. Es duftet nach Freiheit.

Ich setze mich auf Rattes Bett, kerzengerade, um den Brief zu öffnen, weil etwas daran richtig ist.

Paul schreibt mir einen Brief. Der Brief macht Tränen. Er macht, dass ich mich hasse und ihn umarmen will. Er macht nicht, dass ich dich hasse, er macht, dass ich verstehe, und dass ich wünschte, nichts verstanden zu haben. Er macht, dass ich weiß, aber trotzdem sitzen bleibe. Zwei Zeilen lese ich immer wieder. Dann stehe ich auf, ziehe Rattes großen Rucksack hinter dem Schrank hervor und packe ein paar Sachen hinein: Ihre Isomatte, ihren Schlafsack, ein paar Klamotten, den Pulli aus irischer Schafswolle, in dem sie immer draußen schläft, das Gras, das sie hinter ihren Büchern aufbewahrt, eine Taschenlampe finde ich nicht, also schreibe ich Taschenlampe auf einen Zettel und stecke ihn ein, ich nehme ihre tragbare Anlage mit, auf der man draußen Musik abspielen kann, und suche in ihrem Schulrucksack nach einer Seneca-Ausgabe, um sie Paul mitzubringen. Ich finde keine, notiere also auch das auf dem Zettel: Seneca. Ich hole ihr Waschzeug aus dem Badezimmer und freue mich, dass ihre Familie nicht zu Hause ist. Dann setze ich mich mit dem großen Rucksack auf die Treppenstufen vors Haus und warte, bis sie mit dem Hund zurückkommt.

Ich weiß nicht, wie viele Worte ich aufwenden muss, um sie zu überreden. Ich weiß nicht, ob das Überreden ein Reden ist. Die Tränen habe ich nicht geplant. Ratte ist wie das Wetter: Sie hat Temperaturen, sie kann Gewitter und Sonne sein. Wenn sie kalt ist, vergießt man lieber keine Tränen vor ihr. Sie lacht die Tränen aus, oder sie richtet ihre Wut gegen sie. Ich bin, wenn ich dann vor ihr weine, ein Nichts. Sie nennt es Jammern. Mich nennt sie einen Jammerlappen. Also nennt sie mich einen Lappen. Halt mich fest, würde ich gerne sagen, aber ich mache mich nicht selbst klein vor ihr. Irgendwann mal wird sie mir wieder einen Kuss auf die Stirn geben, und das wird dann sie sein, die das tut.

Heute rede ich nur. Ich passe auf, dass ich nicht weine. Ich weiß nicht, wann Ratte endlich nickt. Aber ich weiß, dass sie es tut, und der Wind in meinen Haaren, als ich dann hinter ihr auf dem Mofa sitze. Ich schlinge die Arme um ihren Bauch, es ist ein Beinahe-wie-früher-Gefühl.

Wir fahren zu mir und packen gemeinsam, aber ohne zu sprechen, meine Sachen. Ich finde den Seneca-Band und eine Taschenlampe. Papa ist nicht da. Ich weiß nicht, wo er ist, es ist mir egal, und egal ist auch, was ich auf den Zettel schreibe.

Lieber Papa, ich bin mit Ratte auf dem Weg nach Auschwitz. Wir kommen in ein paar Tagen zurück. Wir haben Paul. Ich melde mich von unterwegs. Das muss sein. Ich liebe dich.

Ich unterschreibe nicht, mein Papa hat nur eine Tochter, die davonrennt. Den Zettel lege ich auf den Küchentisch, direkt neben den Stapel Zeitungen, die wir noch nicht aufgeblättert haben. Die packe ich für Paul ein. Dann hole ich Ratte aus meinem Zimmer, die den Schlafsack in meinen Rucksack stopft. Ich bin aus dem Zimmer schon halb wieder draußen, die Regenjacke in der Hand, als Ratte aufschreit.

«Was?»

Ich drehe mich um.

«Astrid!», und sie zeigt auf das offene Fenster.

Mein Vogel ist weg. Ein bisschen wie im Film, und im Film wäre das ein symbolischer Moment, als hätten sie mir meine Mutter noch einmal genommen, obwohl ich natürlich weiß, dass ein Papagei keine Mutter ist.

Astrid ist weg. Sie ist weggeflogen. Ich hatte das Fenster offen gelassen. Das war mir in zehn Jahren nicht passiert. Ich will meinem Vater die Schuld dafür geben, dann dir, ich will sie dem Leben geben, obwohl sie bei mir liegt. Dann bin ich schlagartig zu müde, um irgendjemandem die Schuld zu geben. Ratte agiert: Sie rennt in den Garten hinaus, dann die Straße entlang, und vermutlich fragt sie Menschen, ob sie einen Papagei mit rot-grün-blauem Gefieder gesehen hätten. Sie kommt zurück und erstattet Bericht.

«Hab Leute gefragt, aber niemand hat sie gesehen. Weißt du denn, seit wann das Fenster offen ist?»

«Seit heute Morgen», und ich merke erst jetzt, dass ich immer noch in der Tür stehe, als wäre ich fremd in unserem Haus, in meinem Zimmer, als wartete ich auf jemanden, der mir meinen Platz zuweist.

«Hast du ein Foto von ihr, irgendwo auf dem Handy? Wir könnten so Suchzettel machen und überall hinhängen, an Laternenpfosten und so.»

Ratte agiert. Ich schaue zu. Ratte nimmt mein Handy, bedient den Drucker, ich sitze auf dem Bett. Anschließend laufen wir beide durch die Straßen, Ratte klebt, und ich halte das Tape. Währenddessen schweigen wir, und ich kann nicht mehr sagen, wem das Schweigen geschuldet ist: Paul, Astrid, mir oder dem, was wir noch vor uns haben. Oder uns beiden, die wir vielleicht keine beiden mehr sind. Ich will Ratte diese Frage stellen, aber ich halte nur das Tape.

«Du musst deinem Papa das mit Astrid sagen», sagt Ratte. Da sind wir schon auf dem Rückweg, und wir haben dreißig Zettel aufgehängt. «Der macht sich doch sonst Vorwürfe und Sorgen. Du kannst nicht wegfahren und ihn allein lassen, und jetzt ist auch noch dieser Vogel verschwunden.»

Sie spricht von diesem Vogel. Ich sage nichts. Und ich fühle nichts, das ist komisch. Ich bin müde, und ich denke mir, vielleicht war ich auch müde vom Fühlen. Man kann auch zu lange und zu sehr lieben. Ich sage nichts, und Ratte bleibt stehen, um mich zu fragen: «Du fährst doch immer noch mit? Wir fahren doch?»

Darauf nicke ich, immerhin.

«Vielleicht schreibe ich ihm einen Brief. Papa, meine ich.»

Ratte läuft weiter, blickt mich nicht an.

«Meinst du?»

Sie legt Antworten in ein Fragezeichen voller Zweifel. Ich bin müde und denke, vielleicht kommt es auf eine weitere Grausamkeit auch nicht mehr an, Paul ist verschwunden, und du bist verschreckt, verblasst, verloren, verewigt, mein Papagei, der meinen Papa und mich zu einer Familie machen sollte, ist weg. Wie groß ist schon die Wahrscheinlichkeit, dass sie wiederauftauchen wird, sie ist ja kein Hund, ein Hund wäre besser gewesen. Ich bin mir nicht sicher, was mein Papa in diesen Tagen von seiner Tochter denkt, deren Bild er in mehreren Zeitungen sieht.

Ich stelle ihn mir vor, bei der Arbeit: «Georg, deine Tochter, ich hab sie …», und mir fällt nichts ein, was er darauf antworten kann.

«Einen Brief, in dem ich alles erkläre.»

«Alles?»

Ratte schnipst dieses Wort.

Papa,
nach Deutschland waren wir mit dem Zug gefahren. Nach Polen waren wir mit dem Bus gefahren. Nun fahren wir wieder mit dem Zug nach Polen zurück. Ich warte darauf, dass dieser Kreislauf einen Sinn ergibt, und ich glaube, ich warte vergebens.

Astrid ist weg. Ich habe heute Morgen das Fenster offen stehen lassen und die Käfigtür wohl auch, und so ist sie entwischt. Ratte und ich haben überall gesucht, und wir haben Zettel im Viertel aufgehängt, und ich habe meine Handynummer draufgeschrieben, und ich hoffe, dass sich ganz bald jemand meldet.

Wenn sich wer meldet, dann musst du Astrid abholen, weil ich dann weg bin. Ich fahre mit Ratte noch mal nach Auschwitz, und dort werden wir Paul treffen, und wir haben dort noch etwas zu tun. Ich werde dir nicht sagen, du sollst dir keine Sorgen machen, weil ich weiß, dass das dein Job ist: dir Sorgen zu machen, du bist ja mein Papa. Aber das musst du nicht. Ich bin mit den zwei besten Menschen der Welt unterwegs.

Du hast mich nie gefragt, warum ich das getan habe, und ich weiß nicht, warum du das nicht getan hast, ob du mich nicht drängen wolltest, oder ob du es nicht wissen wolltest, aber das glaube ich nicht. Ich will dir jetzt trotzdem antworten, und die Antwort ist mir peinlich: Ich habe nicht nachgedacht. Ich habe ein Spiel gespielt, ich war in Rage, und ich habe damit eine Menge Menschen verletzt, auch dich, das weiß ich. Ich wollte das nicht, und es ist sonst nicht meine Art, nicht nachzudenken. Das weißt du.

Ich glaube nicht, dass ich es wiedergutmachen kann, aber ich muss jetzt nach Polen fahren, und ich muss etwas versuchen, und ich hoffe, du verstehst das, und ich hoffe auch, dass du dir keine Sorgen machst.

Astrid wird wieder zurückkommen, das ist so ein Gefühl. Ich weiß, was sie dir bedeutet. Ich danke dir, für Astrid, und für dein Verständnis, und dass du keine Fragen gestellt hast, und glaub mir, ich habe dir zugehört, auch wenn das gerade nicht so scheint.

Deine Tochter

«Die Kette, wo hast du die?», fragt Ratte, als wir im Zug sitzen. Es ist dunkel draußen. Wir nehmen den Nachtzug. Es hat was Nostalgisches, es hat was von Fernweh, und es ist, als entkäme ich einer ganzen Welt. Der Zug ist relativ leer, einzelne Reisende, irgendwo hinten trinkt eine Gruppe junger Männer Bier, eine Frau telefoniert in einer fremden Sprache. Ich greife am Hals unter mein T-Shirt und ziehe die Kette ein Stück hervor.

«Um ihren Hals …», sagt Ratte.

Ich antworte nichts, da gibt es nichts zu antworten. Und nichts hinzuzufügen. Wir starren dann noch eine Weile aus dem Fenster, vor dem es immer dunkler wird.

«Alex, wach auf!»

Jemand schüttelt mich wach. Ratte.

«Sind wir schon da?»

«Ja. Nein. Also gleich.»

Ich setze mich auf, langsam. Vor dem Fenster ist es nicht mehr dunkel, aber das Licht ist vorsichtig, es hat sich noch nicht breitgemacht. In der Morgendämmerung sind Birken zu sehen, Felder und vereinzelte Häuser, in denen vielleicht gerade das Leben erwacht: Wecker klingeln, Menschen drehen sich zur Seite, um weiterzuschlafen, schlummern, noch fünf Minuten. Vielleicht ist irgendwo auch schon jemand wach. Ich denke das, bevor dann der zweite Gedanke kommt, der an dich.

Ich fröstle, also stehe ich auf, hole meinen Rucksack und ziehe einen Pullover heraus, ziehe ihn mir über den Kopf und über den, den ich schon trage. Dann setze ich mich wieder hin, ans Fenster, und winkle meine Beine an. So sitze ich da, Ratte mir gegenüber, sie guckt mir zu. Ich gucke aus dem Fenster.

«Du bist echt blöd, weißt du das», sagt sie und setzt kein Fragezeichen dahinter.

Ich sage nichts, da gibt es nichts zu sagen. Viele der Häuser, die an uns vorbeiziehen, sind bunt angemalt, und ich denke, das ist ein Versuch, ihnen die Tristheit zu nehmen, aber er misslingt. Er macht es beinahe schlimmer.

Ratte beobachtet mich, das weiß ich, dazu muss ich den Blick nicht vom Fenster abwenden.

«War dir nicht klar …», fragt sie, und sie muss den Satz nicht beenden. Ich schüttle den Kopf. Das hier ist ihr Gespräch, und vielleicht ist es ihr Gespräch, weil ich Angst davor habe, dass es unseres werden könnte. «Das war dir echt nicht klar?», und jetzt beugt sie sich zu mir und zieht an meinem Ärmel, sodass ich sie anschauen muss. Also tue ich es.

Du hast mal gesagt, dass ich diese Augen habe, so sagtest du das, diese Augen, du sagtest nicht schön, aber dass sie sprechen könnten, daran darf ich nicht denken, nicht jetzt, und am besten nie wieder.

«Nein, ich wusste es nicht, echt nicht.»

«Aber … es war so klar. Wie er dich angeschaut hat und alles.»

«Wie denn? Es gab immer uns drei.»

«Na klar!»

«Was meinst du denn mit ‹Na klar›?»

«Ach komm schon, das weißt du. Es gab immer uns drei, und dann wart aber immer noch ihr zwei. Beziehungsweise Paul, der für dich Sachen klaute, und dir immer was schenkte, und Zitate für dich rausschrieb, und dir irgendwas vorbeibrachte. Ich könnte Tausende dieser Sachen aufzählen. Die für dich ohne Bedeutung waren. Schlimmer noch, du hast sie nicht einmal bemerkt. Wie nennt man das, Alex? Blind? Herzlos?»

«Jetzt klingst du wie in einem schlechten Film.»

«Der schlechte Film ist dein Leben.»

Ratte sitzt mir gegenüber, sie hat meinen Arm losgelassen, und ich weiß, was sie denkt, und sie weiß, was ich denke. Das ist beinahe so wie früher, was eine Lüge ist, die ich mir erzähle, um mich besser zu fühlen.

«Es waren tausend Dinge, die hätte man so sehen können oder anders, und ich habe sie anders gesehen. Und vielleicht habe ich sie nicht sehen wollen», das gebe ich zu, und ich gebe mir Mühe, nicht trotzig dabei zu klingen. Aber ich habe keine Chance, nicht beim Trotz, nicht bei Ratte und momentan noch nicht einmal bei mir selbst.

«Wir suchen uns immer selbst aus, wie wir die Dinge sehen.»

Ratte zuckt mit den Schultern.

«Du hast auch nichts gesagt», kontere ich. Angreifen, wenn eine Entschuldigung fällig wäre. Ich quäle mich durch dieses Gespräch, und mit dieser Strategie quäle ich mich derzeit durch das Leben.

«Ich wollte nichts sagen. Das steht mir nicht zu, finde ich. Er hätte etwas sagen müssen, oder du. Ich doch nicht. Ich war außen vor. Das fünfte Rad am Wagen.»

«Ach, Quatsch! Du warst doch niemals das fünfte Rad am Wagen, niemals!»

«Nein, für dich nicht. Für dich war ich eine Hilfe. Für dich war es gut, dass ich da war, so musstest du nicht mit Paul allein sein, so musstest du dich nicht damit auseinandersetzen, was er fühlt. Du musstest dich gar nicht auseinandersetzen, du konntest spielen. Das liebst du doch, spielen.»

Ratte macht eine Pause, von der ich deshalb weiß, dass es eine Pause ist, weil es nichts gibt, was ich darauf antworten könnte. Das stimmt natürlich so nicht: Ich könnte ihr sagen, dass sie gemein ist, und dass das nicht zu ihr passt, dieses böse Reden und das Schneiden, in mich hinein. Und dass sie die Spiele doch genauso liebt, nicht weniger als ich. Aber ich halte besser die Klappe.

«Für dich war ich …», sagt Ratte und lässt die Pause ziehen. «Was wäre jetzt die richtige Metapher? Irgendwas, was der Wagen braucht? Irgendwas, ohne das der Wagen auseinanderfällt?»

«Das vierte Rad? Wenn ein Rad fehlt, fällt der Wagen auseinander.»

«Für dich war ich das vierte, für Paul das fünfte Rad.»

«Aber du hast uns im Stich gelassen», sage ich.

Es gilt nichts, weil ich nichts gelten lassen will. Und weil wir drei nichts gelten. Und auch, weil du nicht gegolten hast, was du versprochen hattest zu gelten.

«Ich hab euch im Stich gelassen?»

Ich nicke. Aber ich bin mir nicht sicher, ob das stimmt, oder ob ich das sage, um etwas Schuld abladen zu können, hier, nimm, er war doch genauso dein Freund, und ich weiß, dass das andere nicht stimmt: Du hattest niemals versprochen zu gelten, wir machten dich zu etwas, was du vielleicht niemals warst, wir bastelten aus dir und deiner Nähe ein Versprechen, und ich war es, die noch eine Runde mehr wollte.

«Ich verliebe mich. Ich bin happy. Ich bin echt mal einfach nur happy. Und meine beste Freundin formuliert das dann so: Ich hab sie im Stich gelassen. Das ist mein Leben», sagt Ratte.

Ratte steht auf und nimmt ihren Rucksack und schmeißt ihn sich viel zu wirkungsvoll über die Schultern, läuft dann Richtung Ausgang, und sie hat recht, wie ich feststelle, weil der Zug jetzt langsamer wird. Erst an der Wagentür dreht sie sich um: «Wir müssen aussteigen.»

Also steigen wir aus, schweigend.

Morgennebel in Polen. Wolken in einem Himmel, der oben blau ist, aber zu den Seiten hin ein Rotgelb andeutet. Bedrohlich, irgendwie. Oder wie nennt man das, wegweisend. Eine Vorsehung sozusagen. Oder ich rede mir sogar den Himmel gerade zurecht. Ratte läuft vor. Der Weg ist so schmal, dass mir nichts anderes übrigbleibt, als hinterherzulaufen. Ich kann Ratte nicht überholen. Das hat mit Respekt zu tun. Und ich will das auch gar nicht. Glaube ich.

Sie dreht sich kein einziges Mal zu mir um.

Es ist halb sieben Uhr früh, als wir an der Jugendherberge ankommen. Ratte stellt ihren Rucksack ab, also tue ich dasselbe.

«Und jetzt?», fragt Ratte.

«Danke», sage ich, weil: Ratte hat gefragt. Anstatt zu entscheiden.

«Wofür?», fragt Ratte. «Das hier ist doch dein Ding.»

Ratte wartet, ich frage nach. Paul Heinrichs. Heinrichs kann die Frau an der Rezeption nur schwer aussprechen. Ich muss lachen, als sie es versucht. Das Lachen ist eine Vorfreude, wie früher, am Weihnachtsbaum. Die Vorfreude ist nervös.

«Zimmer 19», berichte ich.

«Na, dann los», sagt Ratte.

«Warte», bitte ich sie und gehe einmal um das Haus herum.

Die Feuerschutzbestimmungen scheinen in Polen anders zu sein: Ich finde keine Feuerleiter. EU-Richtlinien, frage ich mich, und dann denke ich, dass Paul, Paul Heinrichs, vielleicht stolz wäre auf diesen Gedanken. Am zweiten Gebäudekomplex wird allerdings gerade gebaut, deswegen steht da auch eine Leiter.

Ich klaue sie alleine. Mit Ratte wäre es einfacher, weil die Leiter so schwer ist, ich weiß nicht, zwanzig Kilo vielleicht, und unhandlich ist sie auch, aber ich will diesen Blick einheimsen. Es klappt: Ratte zieht die Augenbrauen hoch, ihre Augen werden groß, dann grinst sie, sie grinst so herrlich in die Breite, sodass die Mundwinkel ganz weit auseinandergehen, wie bei Kindern in Bilderbüchern. Ich schaue zurück, und das ist der beste Dialog seit Tagen. Zwischen Ratte und mir. Vielleicht sogar seit Wochen.

Da ist eine Träne, aber ich habe keine Geduld für Gefühlsduselei. Da ist also eine beiseitegewischte Träne.

«Komm schon», sage ich. Das hier ist mein Ding.

Ratte hält die Leiter. Ich habe Höhenangst.

«Ich habe Höhenangst», rufe ich nach unten.

«Das weiß Paul», ruft Ratte von unten zurück.

Durch das Fenster sieht man drei Stockbetten. Darin jeweils Köpfe. Ratte war nach oben in den ersten Stock gerannt und hatte nachgeschaut, welches Zimmer das Zimmer 19 ist, sie hatte genau ausgezählt, welches Fenster zu diesem Zimmer gehört. Ich hoffe, sie hat sich nicht verzählt. Ich kann nicht erkennen, welcher Kopf der von Paul ist. Ich weiß nicht, was die anderen Köpfe, die nicht Pauls Köpfe sind, davon halten werden, dass ein Mädchen hier am Fenster steht, oder davon, geweckt zu werden, und wenn ich ehrlich bin, weiß ich noch nicht mal, was Paul davon halten wird. Ich klopfe ans Fenster. Klopfe noch lauter.

«Und?», ruft Ratte von unten.

Ich schüttle den Kopf. Dann klopfe ich richtig.

Menschen bewegen sich. Jemand setzt sich auf. Jemand anders auch. Einer steht auf. Einer mit blonden Haaren. Er öffnet das Fenster. Mein Herz klopft. Es klopft auf diese richtige Weise. Ratte steht unten. Ich glaube, es ist noch kalt, aber ich glaube das nur.

«Hey», sage ich.

«Hey», sagt Paul.

Und damit ist eigentlich alles gesagt.

«Das hast du doch gar nicht nötig.» Paul grinst.

Ich sage nichts, weil ich mit Grinsen beschäftigt bin.

«Hast du Ratte mitgebracht?», fragt Paul.

«Ja», antworte ich. Das scheint mir ein gutes Wort zu sein.

«Wartet, ich komm gleich runter.»

Paul schließt das Fenster wieder.

Liebe Alex,
stell dir mal vor, ich würde dich plötzlich Alexandra nennen. Du würdest das nicht mögen.

Stell dir mal vor, ich würde das nicht. Für mich bist du Alex. Es hat mir den Magen umgedreht, wenn Johnny dich Alexandra nannte. Das hatte nichts mit Eifersucht zu tun, das passte nicht zu dir.

Stell dir mal vor, das hatte nichts mit Eifersucht zu tun, aber eifersüchtig war ich trotzdem. Wie du dich nur noch um ihn drehtest, wo er sich doch auch schon selbst nur um sich selbst drehte. Wie ihr euch beide so drehtet, und er es genoss. Und du das noch nicht einmal merktest.

Stell dir das mal vor, wie du das klügste Mädchen bist, das ich kenne, und plötzlich hörst du auf, solche offensichtlichen Dinge zu bemerken. Wie einen Lehrer, oder von mir aus Referendar, der sich selbst gefällt, weil er einer Schülerin gefällt.

Stell dir mal vor, du denkst, du kennst jemanden, du kennst ihn oder sie in dem Fall, also ich dich, wie sich selbst. Besser sogar. Du hast ihre Haare gehalten, während sie gekotzt hat, weil sie unbedingt mal diesen Wodka-Tequila-Cocktail mixen wollte. Du hast ihr davor gesagt, das ist keine gute Idee, weil du weißt, dass sie nicht viel verträgt. Stell dir mal vor, du hast sie ins Bett geschleppt, danach, also tatsächlich geschleppt, und sie kicherte die ganze Zeit, und hing an deiner Schulter, stell dir mal vor, du hast sie ins Bett gelegt, und ihr diese schwarze Jeans ausgezogen, und ihren Slip gesehen, natürlich in Schwarz. Stell dir vor, du hast noch überlegt, ob du ihr die Socken anlassen sollst, da war sie schon eingeschlafen, und dann bist du runtergegangen, und hast versucht, die Kotze aus dem Gras zu kriegen. Hast du das schon mal versucht, Kotze aus Gras zu kriegen? Es ist so eklig, man muss aufpassen, dass man nicht selbst kotzt. Stell dir mal vor, du kennst jemanden so gut, dass du all das mit ihr erlebt hast, und noch viel mehr, und dann ist sie weg.

Stell dir mal vor, sie macht dann eine Riesengeschichte, weil sie das Gefühl hat, dass jemand, der ihr nahesteht, verschwinden könnte, weil sich diejenige verliebt, und sie ist doof, ja, plötzlich ist sie doof, und merkt gar nicht, dass sie genau dasselbe tut. Getan hat, schon lange zuvor. Stell dir mal vor, jemand, den du für das tollste Mädchen hältst, das dir je begegnen wird, ist plötzlich doof.

Stell dir mal vor, dass du plötzlich nicht mehr zählst. Stell dir mal vor, deine beste Freundin verkauft dich oder lässt dich fallen. Oder verspielt dich. Stell dir mal vor, du spielst da mit. Du weißt nicht, warum du mitspielst, aber du spielst mit, und du lädst Schuld auf dich, und du weißt, das lässt sich nicht wiedergutmachen. Also verspielst du alles.

Stell dir mal vor, es ist wie in diesem Song von Taylor Swift, «I'd lie», den du sicher nicht kennst, und den ich auch nur kenne, weil ich gegoogelt habe, Song + Best Friend + Love. Hab da auch einen vom King gefunden und einen von Queen und einen von Weezer, aber die Lyrics von Taylor Swift haben am besten gepasst.

Stell dir mal vor, du findest diesen einen Song, der gerade zu dir passt, und du kannst ihn deiner besten Freundin nicht vorspielen. Du kannst dir das nicht abholen, ihr entrüstetes «Taylor Swift, really? Was ist denn mit dir passiert?», und du kannst ihr nicht antworten, «du bist mir passiert». Stell dir mal vor, sie ist deine beste Freundin, aber du bist verliebt.

Stell dir mal vor, diese Geschichte kannst du niemandem erzählen, niemandem auf der Welt, weil davon Freundschaften abhängen, und von diesen Freundschaften hängt dein Leben ab. Stell dir vor, die Zusammenhänge sind so einfach, obwohl es pathetisch klingt.

Stell dir mal vor, sie küsst dich. Sie küsst dich, aber sie meint es nicht so, und sie meint nicht dich. Sie spielt, mit dir, aber du bist nur der Einsatz. Stell dir mal vor, sie braucht dich, sie braucht diesen Kuss, aber sie braucht dich nicht.

Stell dir mal vor. Stell dir mal vor. Stell dir mal vor.

Ich sehe dieses Foto immer wieder an. Ich sehe es mir an, weil ich nicht fassen kann, was wir getan haben, und ich sehe es mir an, wegen dir. Um dein Gesicht zu sehen. In deinem Gesicht sind so viele Gefühle, aber ich glaube, keines davon ist für mich. Das ist in Ordnung so, sage ich mir, während ich das Foto ansehe.

Aber das mit dem Ort, das geht nicht. Alex, das geht

nicht. Stell dir mal vor, das geht nicht. Wir haben eine Grenze überschritten. Jetzt müssen wir wieder zurück. Ich warte hier auf euch. Weil es nichts bringt, auf dich zu warten.

Dein Paul

I don't think that passenger seat
Has ever looked this good to me
He tells me about his night
And I count the colors in his eyes

He'll never fall in love he swears
As he runs his fingers through his hair
I'm laughing 'cause I hope he's wrong
And I don't think it ever crossed his mind

He tells a joke, I fake a smile
But I know all his favorite songs

And I could tell you his favorite color's green
He loves to argue, born on the seventeenth
His sister's beautiful, he has his father's eyes
And if you asked me if I love him
I'd lie

Taylor Swift

Ratte fliegt Paul um den Hals. Ich stehe daneben.

Am Himmel hat es aufgerissen. Die Sonne leuchtet durch die Wolken. Sie ist noch nicht warm, sieht aber schön aus. Rund. Und sie blendet. Diese normalen Dinge, die an Bedeutung gewinnen.

Paul hat aus dem Speisesaal Marmeladenbrötchen geholt und eine Tasse Kaffee. Die reichen wir herum. Ratte nimmt einen Schluck, gibt die Tasse an Paul weiter, Paul nimmt einen Schluck und reicht sie mir, ich nehme einen Schluck und gebe sie an Ratte weiter. So machen wir das, immer im Kreis, bis Paul eine neue holen muss. Die Brötchen schmecken pampig, und ich bin ganz furchtbar glücklich. Glaube ich. Nichts ist mehr sicher.

«Ist das Erdbeermarmelade?», fragt Ratte, als hätte das irgendeine Bedeutung.

Paul kommt mit seinem gepackten Rucksack herunter. Das bedeutet, dass wir nicht hier bleiben für eine Nacht, aber das haben wir nicht miteinander besprochen. Was mich glücklich macht: Dass wir wieder an einer Stelle sind, wo wir nichts besprechen müssen.

Wir sind.

Wir machen uns auf den Weg: Paul, Ratte und ich. Dann überhole ich: Ich, Paul und Ratte. Paul kickt Steinchen, sodass sie mich treffen. Ich drehe mich um, und ich grinse ihn an. Er schüttelt den Kopf. Dann schaue ich hinter ihn. Ratte grinst nicht. Also lege ich zu viel Bedeutung in Pauls Schritte.

«Arbeit macht frei», steht da. Ich weiß nicht, aber ich glaube nicht, dass es so was wie Wiedergutmachung gibt. Wir betreten das Gelände mit langsamen Schritten. Ich habe heute kaum an dich gedacht, das fällt mir auf, jetzt. Also fange ich jetzt auch nicht damit an.

Wir setzen uns ins Gras. Genau hier saßen wir vor acht Tagen. Ich rechne nach, acht. Acht Tage sind gar nicht so viel, aber sie können auch eine Unendlichkeit sein. Ich sitze zwischen Ratte und Paul. Ich nehme Rattes Hand, dann Pauls. Rattes Hand ist warm. Pauls Hand ist kalt, ich weiß gar nicht, warum. Ich möchte sie wärmen. Ich möchte, dass Paul nie mehr friert.

Wir sitzen ein bisschen da.

«Und jetzt?», fragt Ratte.

«Wir könnten das Gedicht lesen, das von Celan», sagt Paul.

«Das ist irgendwie so … so naheliegend.»

«Fällt dir was Besseres ein?»

Wir antworten nichts.

«Astrid ist weg», erzähle ich Paul.

«Wie, weg?»

«Sie ist weggeflogen. Hab das Fenster offen gelassen.»

«Was?»

«Ja. Hab halt an dich gedacht.»

«Und jetzt?»

«Keine Ahnung. Habe ich wohl keinen Vogel mehr.»

Wir schweigen.

«Muss es denn etwas sein, was man fotografieren kann?»

«So ein Anti-Foto gegen das mit dem Kuss? Eines, das man auch online stellen könnte?»

Ich blicke Paul an, und ich traue mich: zu grinsen.

«Müssen wir anderen etwas beweisen?»

«Müssen wir nicht.»

«Müssen wir nicht.»

«Aber könnten wir.»

Rattes Handy vibriert. Jedenfalls holt sie es aus der Tasche hervor und liest. Sie lächelt.

«Am 9. November lesen sie manchmal die Namen von Ermordeten vor. Stundenlang einfach nur Namen. An Gedenkstätten oder vor Synagogen.»

«Der 9. November ist die Reichskristallnacht, oder?»

«Ja, du historisches Genie.»

«Es darf nicht zu theatralisch sein. Und nicht zu konzeptionell. Und nicht, als würden wir eine Show abziehen. Wir könnten ein Video drehen. Eines, in dem wir unsere Version der Geschichte erzählen.»

«Und die ginge wie?»

«Das wäre eine traurige Geschichte. Eine vom Ende der Freundschaft.»

«Ach, Paul!»

Wir sind. So soll es sein.

«Für dich ist alles wieder gut, oder, Alex?», fragt Ratte.

«Für euch nicht?»

«Das ist doch …», sagt Paul.

«Genau», sagt Ratte.

Wir sind, aber es soll so nicht sein. Und ich traue mich nicht, nach dem Wann zu fragen.

Ich lasse die Hände der beiden los. Ich stehe auf und gehe zum Galgen. Neben dem Galgen reiße ich etwas Gras heraus, dann grabe ich mit den Fingern ein Loch in die Erde.

Meine Mutter hat mit mir Sandburgen gebaut. Wir hatten eine Sandkiste im Garten, und eine Schaukel hatten wir auch. Meine Mutter schaukelte mich bis zum Himmel. Der Himmel war blau. Ich vergrabe meine Hände in der schwarzen Erde. Mit schwarzen Händen greife ich dann an meinen Nacken und mache den Verschluss der Kette auf. Erdbrösel rieseln mir den Rücken hinunter.

In Filmen küssen sie manchmal Gegenstände, so eine Kette hätten sie jetzt geküsst, als würden sie sich von einer Ära verabschieden oder so. Ich lege die Kette in das Loch und bedecke sie mit Erde. Dann Gras. Dann ein kleines Steinchen. Das habe ich auch irgendwo gesehen, das machen die Juden so. Dann nehme ich das Steinchen wieder weg. Die anderen haben das nicht gesehen.

Ratte holt einen Schreibblock aus dem Rucksack, reißt ein Blatt heraus und teilt es in drei Teile. Dann kramt sie in ihrem Rucksack, bis sie drei Stifte gefunden hat. Mir gibt sie den schwarzen.

«Eins, zwei, drei. Jeder einen Satz», sagt Ratte.

Eins. Zwei. Drei.

Es gibt Fehler im Leben, die man nicht wiedergutmachen kann. Obwohl man alles dafür tun würde.

Das ist meine Art, mich zu entschuldigen.

Manchmal ist es schwer, an das Gute danach zu glauben. Und vielleicht gibt es das nicht, das Gute danach.

Das ist Pauls Antwort, aber da hat er meine Entschuldigung noch nicht gehört.

Die ewige Frage ist doch die: Ob Liebe alles übersteht?

Das ist Ratte, die gern das letzte Wort behält.

«Und jetzt?»

Ich hebe drei Steine auf und klettere über die Absperrung zum Galgen. Ein paar Leute bleiben stehen, beobachten mich. Beobachten uns. Es ist mir egal. Ich lege die Zettel nebeneinander auf den Boden und jeweils einen Stein darauf. Ich springe wieder zurück, und Ratte macht ein Foto von dem Galgen mit den drei Zetteln. Die Sätze haben eine Bedeutung. Sie haben eine Bedeutung, die wir nicht aussprechen. Sie haben eine Bedeutung für das Leben, das noch kommt. Ratte, Paul und ich. Ich habe heute nicht an dich gedacht. Und es war zum ersten Mal keine Bemühung. Ich lerne, wieder zu atmen.

«Lösch das Bild», sagt Paul. Nun springt er über die Absperrung zum Galgen und hebt die Zettel wieder auf. Er faltet sie und gräbt die Stelle, wo ich die Weltkugel vergraben habe, wieder aus. Er steckt die Zettel hinein, wirft Erde da drauf. Menschen fangen an, ihn zu filmen, ich weiß nicht, warum.

Paul legt ein kleines Steinchen auf diese Stelle. Als er zurückkommt, schaut er mich nicht an. Vielleicht ist es ja seine Art zu atmen, denke ich.

© Charlotte Troll

Lena Gorelik, 1981 in St. Petersburg geboren, kam 1992 mit ihrer Familie nach Deutschland. Mit ihrem Debütroman «Meine weißen Nächte» (2004) wurde sie als Entdeckung gefeiert, mit «Hochzeit in Jerusalem» (2007) war sie für den Deutschen Buchpreis nominiert. Ihr Roman «Die Listensammlerin» (2013) wurde mit dem Buchpreis der Stiftung Ravensburger Verlag ausgezeichnet.